Détail de la mort

Anne Legault

Détail de la mort

La courte échelle

Les éditions de la courte échelle inc.
5243, boul. Saint-Laurent
Montréal (Québec) H2T 1S4

Illustration de la couverture :
Alain Massicotte

Photo de la couverture :
Robert Laliberté

Conception graphique :
Derome design inc.

Révision des textes :
Lise Duquette

Dépôt légal, 4e trimestre 1996
Bibliothèque nationale du Québec

Données de catalogage avant publication (Canada)

Legault, Anne

Détail de la mort
(Roman 16/96 ; 7)
ISBN 2-89021-277-7

I. Titre. II. Collection.
PS8573.E457D47 1996 C843'.54 C96-940825-0
PS9573.E457D47 1996
PQ3919.2.L43D47 1996

L'auteure tient à remercier André Carpentier.

How wonderful is Death
Death and his brother Sleep !

PERCY BYSSHE SHELLEY

Queen Mab

À Rita,
pour l’amour des lois.

Prologue

À l'âge de six ans, j'ai surpris notre chatte, dans le fond d'une garde-robe, qui mettait bas une portée dans la chaleur et la pénombre, comme les chattes aiment le faire. Cette chatte, une noire aux yeux verts, très douce, souffrait horriblement ; le moins qu'on puisse dire est qu'elle n'accouchait pas comme une chatte, car elle accouchait de lapins. Elle avait été couverte par un lapin, Dieu sait comment. Un des petits avait une tête de chat, mais les pattes postérieures d'un lapin, le suivant avait le corps d'un chat, mais des oreilles de lapin, un troisième avait la queue d'un lapin et un quatrième est sorti, tout pareil à sa mère, noir aux yeux verts et bien conformé. Notre chatte n'avait même plus la force d'émettre un cri et pourtant, elle les repoussa tous. En fermant les yeux, j'entends encore le halètement qui soulevait ses côtes. Le lendemain, on m'apprit qu'elle était morte et que seul le chaton normal avait survécu. Nous l'avons tout de suite appelé le Vieux Chat, tout chaton qu'il était. Il avait enterré toute sa famille, c'est une expérience qui fait vieillir. Il était très intelligent et nous lui avons enseigné des tours, comme à un chien. Avec l'âge, son pelage noir avait tourné au brun, ce qui se produit rarement chez les chats. Je l'ai donné, je ne sais plus s'il est vivant ou mort.

Ce qui me ramène à vous. Vivez-vous toujours ? Au moment où je vous écris, je me rends bien compte que nous ne nous connaissons pas. Mais je n'ai que vous au monde. Je ne sais pas si j'aurai assez de temps, assez de patience, assez de papier. À cette minute même, il me semble que j'ai connu tout ce que j'avais à connaître pour une vie entière, que ma course pourrait s'arrêter ici et que je pourrais aller tenter ma chance ailleurs, c'est-à-dire nulle part. Quand je cherche le début de mon histoire, je ne le trouve pas.

Chapitre I

Je m'appelle Jean-Étienne Deslauriers. Le 2 octobre 1994, je me suis rendu chez Alain Quirion, avocat à Dorion. Suivant l'itinéraire qu'il m'avait donné, j'ai pris l'autoroute 20. C'était un samedi au temps clair, frais, de l'été des Indiens ; le soleil chauffait ma tempe gauche à travers la vitre. J'avais vingt-trois ans depuis la veille.

Alain Quirion pratiquait chez lui. J'ai eu du mal à trouver la maison, située dans le quartier le plus ancien de la ville, entre la voie ferrée et le lac des Deux-Montagnes, masquée par des arbres centenaires et une haie qu'on n'avait pas dû toucher depuis cent ans. Près de la porte, une plaque de cuivre vissée portait une inscription en anglaise :

Sanche & Quirion
Avocats
Droit de la famille
Droit du travail

Je la regardais encore quand il a ouvert sa porte. Le temps que je me ressaisisse, il savait déjà qui j'étais, avant même que j'aie posé les yeux sur lui. Je ne saurai donc jamais la première impression qu'il aurait pu me faire. Je crois à la première impression et je juge les gens à leur mobilier. Les meubles ne mentent jamais, la couleur des murs dit toujours vrai et les menus objets sont criants de vérité. Mais personne ne les entend.

Chez Alain Quirion, la moquette était usée et ne déparait pas le reste : un sous-sol de banlieue converti en étude, avec des rayonnages débordants de livres, une photocopieuse portative dans un coin et un vieux classeur. Il est allé s'asseoir derrière un bureau laqué noir, une splendeur un peu incongrue au milieu du reste, que je n'ai pas pu me retenir de toucher du bout des doigts, sans qu'il le remarque, tout occupé qu'il était à éviter de me regarder. Il pensait à une entrée en matière, je pensais déjà à m'en sortir :

— Au fait, vous êtes Quirion ou Sanche ?

— Je suis Quirion. Mon associé passera plus tard, il aimerait vous rencontrer.

J'ai opiné, en silence.

— Nous avons été tous les deux un peu surpris de votre appel.

— Pourquoi ?

— Ces papiers vous attendent depuis votre majorité légale.

— J'étais jeune. Et mes parents adoptifs venaient de mourir ; je suis parti en voyage.

Quirion avait une longue figure calme aux yeux pénétrants, mais sans douceur. Il devait être difficile de lui mentir et encore plus difficile de lui faire admettre des vérités qu'il ne voulait pas entendre. Lui, il cherchait sur mon visage quelque chose qu'il n'a pas dû trouver.

— En quoi consiste l'héritage de ma mère biologique ? ai-je demandé.

Il n'a pas aimé ça. Le terme biologique lui a déplu. Je n'en voyais pourtant pas d'autre.

— Il n'y a pas d'argent, a-t-il fait d'une voix coupante.

— S'il y avait eu de l'argent, je serais venu plus tôt, vous ne pensez pas ?

S'il le pensait, il a préféré ne pas le dire.

— Essentiellement, ce sont des archives personnelles : des lettres et un journal.

— C'est volumineux ?

— Une caisse assez petite.

— Je peux partir avec ?

— Il faudra me signer quelques papiers.

Il m'a tendu un dossier nommé « Marcelle ». J'ai signé à tous les endroits marqués d'une croix.

— Votre mère était une très grande amie. Si jamais vous avez besoin d'aide...

— Je n'aurai pas besoin d'aide, maître Quirion. Je voudrais mes papiers maintenant pour rentrer à Montréal tout de suite, si vous n'y voyez pas d'inconvénient.

Je l'ai attendu pendant qu'il cherchait les archives de Marcelle dans une pièce voisine. Sa maison était remplie du silence d'un homme vivant seul. Sur le mur, il y avait des dessins d'enfants dont un, très grand, le représentait en toge noire, les bras écartés et les cheveux en brosse avec une légende en bâtons appliqués : « Pour Alain, mon défansseur ». Juste à côté se trouvait la photo laminée d'une blonde aux sourcils épais qu'un lourd chignon 1900 n'arrivait pas à vieillir. Je lui ai trouvé un vague air de famille avec Quirion, mais elle me souriait, ce que l'avocat s'était dispensé de faire. Où était la ressemblance ? Les yeux, peut-être ? Ou tout simplement cet air de chien sur le qui-vive, le nez à l'affût ?

— Je ne vous ai même pas offert de café.

Quirion tenait une caisse sous son bras. Je me suis aperçu que j'étais passé derrière son bureau pour un face-à-face avec la blonde.

— Excusez-moi.

— Il n'y a pas de mal.

Il a décroché la blonde et l'a mise dans la caisse.

— Ceci aussi vous appartient, prenez-le.

— Je ne la connais pas.

Il a eu un sourire :

— Non, c'est Marcelle.

J'ai refusé son café, sous prétexte qu'on m'attendait. Son

associé est arrivé alors que nous étions déjà dehors. Un gros aux cheveux poivre et sel, qui m'a serré la main tout en déplorant que je m'en aille déjà.

— Et vous faites quoi, dans la vie ?

— Je suis à mon compte, je fais des meubles.

— Designer ?

— Ébéniste.

Ils ont échangé un regard ; le grand a souri, le gros a baissé les yeux.

— Vous avez une belle auto, a dit le gros.

— C'est le paiement d'un client en faillite.

— Vous aviez fait quoi, à ce prix-là ? Une maison ?

— Ça m'arrive, oui. Je peux meubler des maisons entières, de tout ce qui est en bois, bien sûr.

— J'aurais voulu vous parler plus longtemps, mais j'avais une fête de famille cet après-midi. Mes quatre enfants sont tous nés entre le 25 septembre et le 1er octobre, je les ai tous conçus à Noël !

Quand le soir descend sur les villes de province, elles sentent la terre, parfois. Surtout en automne lorsque l'air est humide. Il flottait une odeur de feu de feuilles. J'ai placé les papiers de Marcelle sur le siège du passager, dans leur caisse. La photo y reposait à plat. Sanche l'a vue et s'est tu, Quirion s'est éclairci la voix.

— Il faudrait que vous sachiez que ces papiers... je ne les ai jamais lus. Je ne sais pas ce qu'ils vous apprendront. Nous sommes les seuls à nous souvenir d'elle. Si vous avez des questions, nous sommes à votre disposition.

— Ça m'étonnerait.

— Et ça vous déplairait à ce point-là d'être étonné ? a demandé Sanche.

— Je ne voudrais pas vous prendre sa photo, si vous y tenez.

— Gardez-la, a répondu Quirion, j'en ai d'autres.

Le pont de Dorion était désert, j'ai pris mon temps pour le franchir. Quelqu'un avait allumé un feu sur une des petites îles qui parsèment le lac des Deux-Montagnes à cet endroit. La lumière des lampadaires éclairait en vagues lentes et successives la fille blonde qui m'a mis au monde. J'ai crié. J'ai crié tant que j'ai pu sur l'autoroute vide. Comme les pauvres dorment dans leur auto, comme les époux infidèles téléphonent dans leur auto, moi, je crie dans mon auto. Parce que je ne peux le faire nulle part ailleurs.

* * *

Je suis né le 1er octobre 1971 et Marcelle Deslauriers est morte le même jour, de ce qu'on m'a dit être un « épuisement cardiaque ». Les archives que m'a remises maître Quirion ne contenaient pas le rapport d'autopsie, je n'en ai donc pas appris plus. J'ai été adopté par un cousin éloigné de Marcelle, un médecin dont la femme était stérile et un peu vieille pour avoir droit à un premier tour dans la loterie des adoptions, déjà bien aléatoire en 1971. Celle que j'ai appelée maman était une pédiatre qui lisait de bons auteurs. Elle savait que les enfants ont une identité dès la naissance, et j'ai gardé le prénom que j'avais déjà reçu, Étienne, auquel on a ajouté Jean, pour marquer le changement, tout de même.

Mes parents m'ont révélé très vite que j'avais une autre mère, qui n'était plus là. En tout cas, je l'ai toujours su, puisque je ne revois pas le moment où je l'ai appris. Ils ont voulu, je crois, m'éviter un trop grand choc. La parenté de ma mère naturelle et de mon père adoptif m'a évité toute l'angoisse des origines, sur laquelle on raconte tant de choses. Mon père n'avait jamais fréquenté ce côté-là de sa famille, de toute façon.

Ils sont morts dans un accident d'auto, et je me suis retrouvé seul à dix-huit ans. À ce moment m'est parvenue une lettre de l'étude Sanche et Quirion m'informant que les archives de Marcelle Deslauriers, morte le 1er octobre 1971, etc. Je n'ai pas voulu y donner suite ; mes courtes études achevées, j'ai tourné le dos à l'université et j'ai voyagé pendant un an et demi.

Ça ne m'aurait pas empêché de prendre possession de l'héritage de Marcelle sans grands tracas, surtout pour quelques papiers. Mais j'étais si bien au courant de son existence que je n'ai pas ressenti le besoin de la connaître. Morte, elle ne m'avait jamais dérangé. Je n'étais pas si pressé de lui rendre la vie.

À mon retour, avec la succession du docteur Deslauriers, j'ai acheté trois étages rue Boyer, juste au sud de l'avenue Mont-Royal. J'ai pris le rez-de-chaussée, quatre pièces blanches, et j'ai laissé les deux autres étages, un immense logement de dix pièces, à Nicolas Cosmatos, un photographe prometteur qui fréquente le beau monde : pour une photo de Sandrine Bonnaire, sur papier glacé, qui me regarde comme si on se connaissait, je lui ai consenti un bail avec rénovations. Je tiens à ce locataire ; peu de gens sont prêts à occuper seuls un si grand espace et je ne voulais pas avoir une foule au-dessus de la tête. L'an dernier, il a trouvé le moyen de prendre une colocataire sans m'en parler, mais nulle part le bail ne l'interdisait. Et c'est devenu une autre histoire quand j'ai vu la fille, et tant pis, maintenant c'est fini.

Dans la cour, j'ai construit une sorte de hangar qui me sert d'atelier. Je fais des meubles, je travaille le bois, par goût et au hasard de mes temps libres, pendant que l'argent de mon locataire paye l'hypothèque.

Le bois n'est jamais pareil ; c'est son plus puissant attrait, chaque pièce sera unique. Chaque essence a ses réactions, sa façon de se laisser travailler ou de se refuser. Je l'ai découvert très tôt, pour consoler mon père le docteur de mon peu d'intérêt pour l'étude. Mes parents ont été très déçus de mes résultats scolaires. Élève ordinaire, je passais sans éclat et ne montrais d'aptitudes que pour les sports et les travaux manuels. L'un de mes professeurs a sommairement réglé mon cas dans une note lapidaire : « Étudiant qui n'est pas dépourvu de moyens, mais qui répugne à tout effort d'imagination. » On m'a montré cette note pour me faire réagir, je l'ai approuvée.

Je n'ai commencé à lire qu'à vingt ans, après une semaine d'insomnie complète dans ma nouvelle maison, parce que trop de nuits blanches viennent à bout de n'importe quelle résistance et parce que la lecture m'avait toujours fait dormir.

Je n'avais rien d'autre sous la main qu'un journal, que j'ai lu de la première à la dernière page, petites annonces comprises. Ensuite, j'ai vainement cherché une caisse de livres, mais je n'avais rien gardé de l'époque de mes études. J'ai dévoré un *Perly 1989*, le bouquin qui contient toute la ville de Montréal en cinq cent cinquante cartes. À l'aube, j'en étais aux catalogues de Sears. À huit heures du matin, je franchissais pour la première fois le seuil d'une librairie.

La fille derrière le comptoir a rajusté ses lunettes quand je lui ai demandé des livres, à cette heure où les acheteurs venaient pour les journaux.

— Quelle sorte de livres ?

J'aurais dû pouvoir nommer un auteur, me rappeler ce que j'avais ingurgité à l'école ou, au moins, choisir un genre, le policier par exemple, qui se porte partout de nos jours. Cependant, je venais de passer ma septième nuit blanche à gober de mes yeux du papier rugueux imprégné d'encre ; j'étais dans un état proche de la seule fois de ma vie où j'ai avalé un buvard de L.S.D. Mon cerveau a refusé de coopérer.

— N'importe quoi.

— Vraiment ? N'importe quoi ? Vous savez, je ne suis pas la libraire, elle est partie pour une demi-heure. Elle divorce, vous comprenez...

Non, justement, je ne comprenais rien.

— S'il vous plaît, je voudrais quelques livres, rien que pour lire, pour avoir une voix dans la tête qui ne serait pas la mienne.

Elle a compris et s'est mise à jouer à la vendeuse.
— Quels sont vos passe-temps ?
— Rien.
— Vous faites quoi dans la vie ?
— Des meubles.

Elle a fait « Ah ! », comme si tout était dit, et m'est revenue avec quatre livres : *Le matou*, *Le pigeon*, *Le guépard*, *Les ailes de la colombe*. Que des animaux. Je l'ai remarqué. Elle a fait « Hum. Ça vous gêne ? ». J'ai répondu non, j'ai payé, j'ai remercié. Elle m'a lancé de son comptoir : « Vous verrez, ça ira mieux après. »

Après quoi ? Je ne le lui ai pas demandé. J'ai lu toute la journée, j'ai dormi toute la nuit. Peu à peu, certaines images ont déserté mes cauchemars pour prendre une place dans ma mémoire. J'ai retrouvé le sommeil et je me suis mis à aimer les livres et à lire. À lire, à lire et lire encore.

* * *

Je n'étais jamais arrivé à appeler Marcelle ma mère et encore moins « maman ». Ça n'allait pas à une fille de son âge, qui était à peu de chose près, maintenant, le mien. Ses archives avaient été rangées par Sanche et Quirion dans une caisse de Canada Dry. Une de ces belles caisses en bois qu'on finira par regretter, un futur objet de collection dont je voulais tirer quelque chose. J'ai commencé par la ranger dans un coin de ma chambre. Je n'ai même pas accroché Marcelle sur un mur ; elle reposait toujours dans sa caisse, le visage à découvert, sur ce qu'elle avait laissé de sa vie.

* * *

Le lendemain de ma visite à Sanche et Quirion, je tournais des bols dans du bois d'olivier, une belle pièce qu'un client avait ramenée de Provence. Il faut y mettre le temps, parce qu'un tour de trop et le fond du bol serait percé, une catastrophe. C'est de l'ouvrage patient, ce que je préfère. Cet arbre avait dû être émondé au sommet et produire un bel houppier de branches fines, parce que tout ce que je tournais était constellé de motifs, des yeux d'oiseaux, ainsi que les nomment mes collègues anglais: *birds' eyes*.

Nicolas est entré dans mon atelier, sans un mot et en prenant soin d'éteindre sa cigarette. Il a attendu que je finisse de creuser un bol. Il a vingt-neuf ans, on lui en donnerait dix de plus. Il est gros, déjà un peu chauve, et porte un collier de barbe et une moustache pour compenser la rondeur de ses joues de poupon: un bébé Bouddha, neuf comme le monde. Il m'a tendu une épreuve toute fraîche qui fleurait encore l'acide.

— Qui est-ce?

C'était notre jeu. De temps en temps, il me montrait un cliché, une figure anonyme ou très connue, et je disais ce que je voyais. Quand nous avons signé le bail, nous nous sommes avoué que nous nous convenions mutuellement. Je ne voulais ni d'une famille ni d'une troupe d'étudiants (j'ai beaucoup déçu sept finissants de l'École nationale de théâtre qui se voyaient déjà en train de fonder un collectif au-dessus de ma tête); il cherchait un espace abordable et vaste où on le laisserait travailler. Nicolas a voulu devenir mon ami. Je ne l'ai pas encouragé, je ne l'ai pas repoussé non plus. Il me trouvait sauvage, ne s'en étonnait plus; je le trouvais sympathique et ne le montrais pas trop.

Ce jour-là, il m'a tendu la photo d'un homme jeune, de profil, le front un peu dégarni, le nez court, la bouche fine et l'œil sombre. Où avais-je vu cette tête? J'ai relevé mes verres de protection, j'ai répondu au hasard:

— Modigliani jeune?

— Ce n'est pas un contretype.

Nicolas a un principe: photographier les gens avec leur permission. «Ce qui ne bouge pas profite de la distance; ce qui vit doit être approché... » Heureusement, il n'est pas photographe animalier.

Tous ses portraits sont pris avec des lentilles de cinquante millimètres, les plus longues focales lui servant pour les paysages et les natures mortes.

— Alors, Jean-Étienne, qu'est-ce que tu vois ?

Il voulait ma réponse, aux aguets. J'ai complètement éteint le tour à bois, j'ai pris le temps de regarder la photo. Quelquefois je tombais pile, quelquefois je me trompais complètement.

— Il souffre. Il ne sait pas pourquoi... Il vient de rater quelque chose.

Nicolas a baissé les yeux. J'ai continué sur ma lancée :

— Un éphèbe du quartier Mile-End, ambigu sexuellement, végétarien si ça se trouve et musicien à temps perdu.

— Bravo. Il te manque un détail.

Il a sorti un autre cliché, de face cette fois. L'homme avait trois narines. Plus exactement, il avait la partie supérieure du nez déviée et un trou sur le côté.

— Un coup de fusil en pleine figure. Tu vois autre chose ?

De face, sa souffrance devenait de la méchanceté. De profil, il redevenait bon. Je n'ai rien ajouté. Nicolas a repris ses clichés.

— C'est mon frère. Il voulait des photos avant la chirurgie plastique.

— Excuse-moi.

— Pourquoi, voyons ? Le plus drôle, c'est que notre mère m'en veut à moi : « On vous a élevés tous les deux de la même façon, pourquoi est-ce que ton frère fait des bêtises ? Qu'est-ce qu'il attend pour se mettre à travailler ? Où est-ce qu'on s'est trompés ? » Comme si ma vie était enviable à ce point-là ! Regarde-moi : en costume de bain, j'ai l'air d'un Botero ; tout habillé, on me prend pour un délégué syndical. Il n'y a pas une fille qui veut de moi. Est-ce que je me plains, est-ce que je me tue pour ça ?

J'ai ri, parce qu'il m'avait déjà expliqué que les gros

doivent rire et faire rire, autrement on trouve qu'ils prennent trop de place. Il est reparti avec son frère maigre, en me répétant que je devrais me mettre à la photo, que j'avais l'œil.

* * *

La colocataire de Nicolas s'appelait Marine. Je n'avais pas prévu son éventualité sur le bail. Je ne l'avais pas prévue, point. Elle était aussi imprévisible que le bois ocellé des houppiers. Et sculpturale, rien de moins.

Elle se parfumait au santal, un merveilleux bois pour les petits coffres. Nous avions été ensemble de mai à septembre, on venait de rompre quand je suis allé voir Quirion et Sanche. C'était moi qui l'avais quittée.

Nicolas ne m'invitait plus chez lui pour le moment et me relançait dans mon hangar. Il attendait que ça se tasse, sans comprendre. Marine se croyait larguée ; Nicolas trouvait ça bizarre, sans le dire.

J'avais rompu avec Marine parce qu'on m'en avait donné l'ordre. Les femmes imaginent si facilement qu'on les abandonne que je n'avais même pas eu à inventer un mensonge élaboré pour masquer la vérité. Je lui avais dit que je ne l'aimais pas, elle n'avait pas cherché plus loin.

En fait, on m'avait convoqué et je m'étais retrouvé dans un bureau aux murs nus, visiblement loué pour la circonstance. J'ai attendu seul, un bon moment, puis mon superviseur est entré, seul, et j'ai voulu en être rassuré. Après tout, que pouvait-on me reprocher ? Je travaillais sans problème.

— Nous sommes contents de votre travail. Cependant, il n'y a pas que ça que nous évaluons, vous devez vous en douter.

Il a déposé un dossier sur la table de verre. Un dossier mince. La photo de Marine s'en est échappée.

— Vous restreignez vos fréquentations et votre atelier d'ébéniste vous couvre bien. Votre héritage justifie votre façon de vivre, qui n'a rien d'exagéré et correspond à vos revenus connus. C'est un bon point pour vous ; plusieurs de vos collègues ne peuvent se retenir de dépenser à pleines mains. C'est une erreur courante, mais ce détail peut prendre une importance dans notre métier. D'autre part, nous avons remarqué que vous profitez de vos déplacements pour visiter des antiquaires, des marchands de meubles ou d'essences de bois rares. Ce n'est pas interdit. Il n'y a qu'une chose qui vous dessert. Elle vous dessert beaucoup.

Il a ouvert le dossier. Ce n'étaient que des photos de Marine. Avec moi. Dans la rue, sur une terrasse, à la piscine Laurier, en attendant l'autobus, dans mon auto.

— Nous n'avons pas de photographies d'intérieur. Nous aurions pu. Nous n'aimons pas votre automobile, beaucoup trop voyante. Pourtant, nous avons décidé de passer là-dessus.

— Mon auto n'a rien de voyant.

S'il avait pu, je crois qu'il aurait souri.

— Elle a de la classe, je vous l'accorde. Comprenez qu'elle est voyante parce qu'elle est rare. Elle est repérable. Vous ne vous en servez jamais en déplacement pour nous, ce qui dénote votre bon sens. La fille, elle, est pire que voyante, elle est visible.

— Vous voulez dire qu'elle est noire ?

— Elle est un tout petit peu bronzée et un tout petit peu frisée, n'y voyez pas l'expression d'un jugement. Enfin, visible ou pas, vous ne devez pas cultiver d'attaches sentimentales. Vous avez l'immense avantage d'être sans famille. N'allez pas gâcher cette chance. Dans votre travail, tout rapport humain peut servir à faire pression sur vous.

— Je n'aime pas cette fille-là.

— Les femmes que nous n'aimons pas doivent être nombreuses et non uniques, mon cher. Si on lui mettait un canon sur la tempe, vous la laisseriez à son sort ?

Il a sorti une photo. Marine avait un revolver sur la tempe, tenu par une main d'homme, et elle fermait les yeux, le visage tordu.

— Photomontage par ordinateur. Réussi, n'est-ce pas ? Rompez.

J'ai d'abord pensé au commandement militaire, stupidement. Puis j'ai compris.

* * *

J'avais du mal à trouver le sommeil. J'ai décidé de m'assommer au rhum chaud, mon meilleur somnifère. En guise de table de nuit, j'ai relevé la caisse de Canada Dry. La photo laminée de Marcelle est tombée face contre terre, un cahier noir l'a suivie. Un gros cahier ligné à la couverture cartonnée. J'ai même trouvé une facture de la papeterie Wilson, rue Saint-Hubert.

Quand je l'ai ouvert, il a craqué. Deux cheveux blonds m'ont échappé à tout jamais. Marcelle avait une grosse écriture carrée, aux jambages aigus. Elle devait appuyer sur le stylo. Une vraie écriture de fille : on n'aurait jamais pu croire que c'était de la main d'un homme. Je me suis longtemps absorbé dans le tracé lui-même, sans lire. J'ai enroulé un fil jusqu'à elle et une phrase est devenue audible dans ma tête :

3 décembre 1970

Il paraît que la cellule Libération se terre au nord de Montréal. Des blindés et des motos ont remonté les grandes artères à l'aube...

Chapitre 2
Décembre 1970

Réveillée par la rage à quatre heures du matin, dans le silence. Incapable de lire, incapable de dormir, trop abrutie pour réfléchir, mais quand même dans cette lucidité étrange du sommeil interrompu. J'ai pris ce cahier et j'écris au hasard, en attendant que le jour se lève.

Il paraît que la cellule Libération se terre au nord de Montréal. Des blindés et des motos ont remonté les grandes artères à l'aube. Est-ce que c'est la fin ? Le début de la fin ? Tout me semble à la fois risible et trop réel depuis que la farce a été jouée et que le rideau s'est ouvert sur le cadavre de Pierre Laporte. Je n'arrive pas à le croire. Nous sommes punis par la honte, comme d'habitude, qui nous frappe au point sensible parce qu'elle nous connaît déjà si bien, parce que nous lui avons fait la partie si belle il y a si longtemps, qu'aujourd'hui elle triomphe sans gloire.

Je rhétorise, c'est dans l'air du temps. Le verbe rhétoriser existe-t-il d'ailleurs ? La police a saccagé ma bibliothèque et je ne trouve plus mon dictionnaire. Il faudra que je demande à Mab.

J'ai un cours ce matin, c'est encore loin. J'aurais voulu marcher jusqu'au parc, je n'ai pas osé. L'aube est sombre, encore calme, à peine troublée par un vrombissement qui monte rue Saint-Denis et se rend jusqu'ici.

Écouté la radio. Il doit se préparer quelque chose parce qu'ils ne parlent de rien. Tout roule sur du velours : la météo, les achats de Noël, les insignifiances habituelles... Même le bulletin de nouvelles ne dit rien.

Mab passe devant ma fenêtre. Elle a son bébé dans les bras. Tiens, c'est vrai, cette nuit elle a été tranquille, la police n'est pas venue frapper à sa porte...

Pourquoi me suis-je réveillée, alors ? Il se passe quelque chose.

3 décembre, soir

Dernier cours avant l'examen oral. J'ai choisi de résumer Kandinsky, *Du spirituel dans l'art*. Je ne suis pas sûre de tout saisir. Je trouve ce livre touchant. Écrit en 1910, il me semble augurer une vie qui nous a échappé, mais de le voir écrit, on croit que ça aurait pu advenir. Vais-je pouvoir expliquer la « nécessité intérieure » dont il parle ? L'ai-je seulement comprise ?

C'est Mab qui m'a prêté ce livre. Depuis un an que nous sommes voisines, je suis toujours étonnée de tout ce qu'elle sait. Elle a une licence ès lettres et une licence en droit. Elle parle couramment l'anglais et l'espagnol. Elle joue au théâtre avec son mari, ce qui est une grande déception pour sa famille, qu'elle ne voit plus. Elle sort d'ici ; sa fille fait une otite et elle devra se déplacer parce que les médecins ne visitent plus, maintenant qu'ils sont payés avec l'argent des contribuables. Elle en connaît deux qui accepteraient de se déplacer, malheureusement ils sont en prison pour le moment. Je lui ai prêté cinq dollars pour les médicaments. Elle a mangé avec moi pendant que je berçais la petite. « Je les hais ! Je les hais ! » Elle le crie, tellement c'est vrai. La petite s'est mise à pleurer. « Tout à l'heure, j'ai croisé un camion de l'armée. J'ai couru jusqu'à une poubelle pour vomir, ciboire ! »

D'habitude, Mab ne sacre pas. Elle est comédienne, elle parle très joliment. Mais pas maintenant. Et quand elle ne maudit pas ciel et terre, elle pleure.

4 décembre

C'est fini. Ils les ont capturés, arrêtés, jetés dans un avion, boutés hors du pays.

7 décembre

Eh bien ! pour nous, ce n'est pas fini ! Police à quatre heures du matin, comme d'habitude, chez mes voisins du dessus, Marie-Adèle Baron et Hyacinthe Roy, comédiens, indépendantistes, qui rentrent d'une tournée européenne, qui ont joué des choses sulfureuses pendant l'Expo 67, qui fréquentent des cercles de gauche — de gauche pour la police, en tout cas —, qui habitent tout seuls avec leur bébé un logement qui pourrait abriter dix personnes. Que ce logement serve d'entrepôt à costumes, de bureau et de local de répétition, peu lui chaut, à la police ! Ces messieurs sont persuadés que c'est une cache de felquistes et ils viennent presque chaque nuit, contre toute logique, fouiller le saccage encore frais de la veille.

Ils n'arrêtent personne, bien sûr ! Mais ils pourraient le faire et ne se privent pas de le mentionner. Hyacinthe et Mab se tiennent au milieu de la tourmente avec la petite, réveillée, qui hurle. Mab, de guerre lasse, a fini par réclamer une matrone pour la fouille personnelle qu'elle doit subir. Elle l'a eue dès la nuit suivante. Après ça, ne venez pas dire qu'on n'est pas en démocratie. Ils sont aussi descendus chez moi deux ou trois fois. Fouiller la cave, fouiller partout. La première fois, j'avais tout nettoyé après leur départ. Par la suite, j'ai changé d'idée.

La voix de Mab a percé dans le tumulte et ils sont repartis. Notre façade de pierre s'orne d'une longue flèche rouge sang qui va de l'angle de la ruelle jusqu'à nos portes. Nous sommes les pestiférés du quartier, repérables à vue. Charmant.

10 décembre

Les trois fuyards de la cellule Chénier courent toujours. J'ai l'impression que la paix de nos nuits ne sera acquise qu'au prix de leur capture. Le quatrième, arrêté sur Queen Mary Road, a déjà comparu. Est-ce pour cette raison que la police vient plus sporadiquement chez mes voisins ? Ça les use encore plus. Hier, j'ai gardé la petite pour la nuit. Mab a vieilli de dix ans. Ses cheveux acajou ont quelques fils blancs et Hyacinthe, toujours beau, toujours blond, commence à avoir une tête d'ange exterminateur. Ils se sont engueulés hier soir.

Je connais moins Hyacinthe, qui est sociable et qui veille à fréquenter les gens qu'il faut. Je l'ai déjà vu à l'œuvre dans un vernissage. Il est aimable, mais dès le premier regard, je me suis sentie soupesée. Je ne dois pas valoir cher sur le marché du renvoi d'ascenseur. Je suis dure pour lui. Un peu.

19 décembre

Il neige. Je finis mon dernier travail et je pars pour Saint-Clet. J'ai promis à Daniel Sanche de l'emmener jusqu'à Dorion et, pour être serviable, je le reconduirai jusque chez lui. Il a étudié au collège Bourget à Rigaud, comme mes cousins. Il se souvient d'eux. Nous aurions pu nous connaître plus tôt, si je n'étais pas allée dans un couvent, chez les sœurs Sainte-Anne, à Lachine. Petits-bourgeois culs-terreux, nous nous tenons ensemble dans la grande ville.

20 décembre

Chez mon père. Finalement, j'ai ramené Daniel et son ami Alain Quirion, un grand maigre qui est allé lui aussi à Bourget. Il s'est tassé comme il a pu à l'arrière de ma Volkswagen. Ils font leur droit tous les deux. Quirion est un paranoïaque achevé qui a vécu ces derniers mois dans l'angoisse, pour finir déçu d'être resté en liberté. Quand il s'est penché entre les sièges pour nous dire : « On est suivis », Daniel a poussé un soupir éloquent.

— Alain, si quelqu'un nous suivait, il se donnerait la peine de ne pas être vu.

— Je te dis qu'on est suivis !

Dans mon rétroviseur, j'ai vu une Meteor bleu ciel, probablement 1963 ou 1964, aussi rutilante au soleil qu'une bannière de la Fête-Dieu. J'ai accéléré, je l'ai perdue à un feu rouge.

J'ai pris le boulevard Métropolitain. Je déteste cette route surélevée en plein quartier résidentiel : les entrées et les sorties n'ont aucun dégagement, un non-sens montréalais. Nous avons failli nous faire emboutir en arrivant à la transcanadienne.

Au moment où j'allais rouler un peu plus à l'aise, la Meteor bleu ciel est revenue dans mon rétroviseur. Quirion l'avait vue lui aussi et se taisait. Daniel révisait des notes, son cahier ouvert sur les genoux. Nous avons roulé pendant un certain temps, je ralentissais, j'accélérais, et la Meteor bleue faisait de même, en toute impunité, sans effort pour se dissimuler.

— Si tu continues à rouler par à-coups, je vais avoir mal au cœur, s'est plaint Daniel.

— On nous suit.

— Comment, encore ?

Il a cessé de rire en reconnaissant l'auto. Nous avons fait le reste du trajet à 60 milles à l'heure, moi fixant la route, eux surveillant l'arrière. Ça pouvait encore être un hasard, après tout.

Nous avons passé Sainte-Anne-de-Bellevue, franchi le pont, quitté l'île de Montréal. C'était de moins en moins un hasard. L'auto nous a suivis jusqu'à l'épicerie Sanche, à Dorion. J'ai arrêté, la Meteor aussi, cinquante pieds à l'arrière. Daniel avait le front couvert de sueur.

— Hostie, si on m'arrête devant le magasin de mon père, en plein temps des fêtes, j'ai pas fini d'en entendre parler !

— Je descends avec toi. De toute façon, c'est à moi qu'ils en veulent.

— Alain, par pitié, arrête de tout ramener à toi. Qui va rester pour protéger Marcelle ?

Protéger Marcelle ! Je jure qu'il l'a dit ! Je les ai jetés sur le trottoir tous les deux en leur souhaitant d'être arrêtés pour la cause, pour le Grand Soir, pour la Révolution avec un grand R, et pour la Connerie avec un très grand C ! Et joyeux Noël !

Je crois en un monde meilleur. Pourquoi est-ce que je ne peux pas croire aux hommes qui veulent le faire ? Pourquoi est-ce que leur jargon me donne envie de rire ? Pourquoi est-ce que leur attitude m'enrage ? Pourquoi est-ce que je ramène dans mon auto deux grands dadais qui n'ont pas encore leur permis de conduire, mais qui parlent de me protéger ?

J'aurais dû être touchée, c'était un geste chevaleresque, et les hommes que je connais sont plus enclins à se battre pour des idées que pour une femme. Je me demande si on y gagne au change. J'ai perdu patience. Je devais être sur les nerfs, moi aussi. Je vaïs tâcher de m'excuser, surtout envers Daniel. Et je les ai bien eus ! Car la Meteor m'a suivie, moi. Je les ai vus devenir tout petits dans mon rétroviseur.

Cette farce a duré jusqu'à Saint-Clet. Lorsque je suis arrivée à la maison, la Meteor a continué tout droit. Qu'est-ce que c'était ? Un autre bon citoyen pris par l'envie de jouer à la police ? Il s'en trouve par les temps qui courent.

21 décembre

Chez mon père. Nous sommes seuls. Il a parfois des apprentis, qu'il appelle maintenant « stagiaires », c'est plus moderne, mais aucun ne reste pour le temps des fêtes. Il a été si heureux de me voir que je regrette de ne pas venir ici plus souvent. Il achève un bureau à cylindre de merisier massif. Les tiroirs auront un placage en ronce de noyer. Il en est au tiroir secret, toujours à la mêmc place. Ça l'amuse.

Il m'a semblé en meilleure forme, plus détaché. Quand j'ai parlé d'avoir un sapin décoré, il m'a traitée d'enfant, pourtant il n'a pas refusé.

C'est la nuit. Le poêle à bois, rempli jusqu'à la gueule, ronfle comme un dragon. Toute la maison s'est repliée sur le rez-de-chaussée. Au premier, la chambre de ma mère est glacée, mais le lit est fait de frais et ses vêtements pendent dans les armoires de cèdre. Sa robe de chambre écossaise a pris l'odeur du bois ; sa parfumeuse de cristal est encore à moitié pleine d'*Émeraude* de Coty. J'allais presser la poire recouverte d'une résille de soie quand la voix de papa a retenti dans mon dos : « Ne fais pas ça. Ce serait cruel. » On est redescendus et il a refermé la trappe du premier étage derrière nous avec deux gros verrous de métal. « C'est à cause des stagiaires. Je préfère limiter les accès de la maison. » Je ne demandais rien. J'ai eu très chaud tout à coup.

22 décembre

Je voudrais que mon père vive cent ans. Lui, il parle de revoir le golfe du Mexique avant de mourir. Il veut y retourner en *camper*. Il en achèterait un d'occasion, les neufs lui semblent hors de prix. Et puis, à son âge, pourquoi acheter du neuf qui lui survivrait ? Il n'est pas si vieux. Il n'est pas vieux du tout : « Je me sens vieux, je vieillis pour deux maintenant. »

Téléphone d'Alain Quirion. Il voulait s'excuser et savoir si on avait attenté à ma vie. J'exagère à peine. Drôle de gars. Il m'a demandé si j'avais vu *Les enfants du paradis*. J'ai gouaillé dans le récepteur : « J'm'appelle Garance. » Il a fini par rire.

23 décembre

Nous réveillonnerons chez les Livernoche. Tant mieux. Il y aura du bruit, du monde, de la chaleur et le punch de madame Livernoche, un vrai pousse-au-crime à base d'*orange gin*. Roger Livernoche est venu nous inviter lui-même, alors que d'habitude il téléphone : « Je voulais voir la belle Marcelle, qui ne nous visite pas souvent. » Il a dû remarquer mon auto en passant devant notre terre, car il est loin d'être un voisin.

Mon père et lui se connaissent depuis le temps de l'École du meuble. Livernoche est orfèvre et céramiste. Il s'est bâti une réputation avec la clientèle des communautés religieuses, auxquelles il a soigneusement dissimulé son athéisme jusqu'à la mort de Duplessis. Maintenant, il commence à recevoir de fringants jeunes gens, sanglés dans des costumes Mao ou des jeans haute couture, qui lui commandent des calices en guise de vases à fleurs. « Des calices, Deslauriers, te rends-tu compte ? Je peux leur ciseler une coupe qui ressemble à un calice, mais certainement pas un calice, qui est un objet consacré ! » Il a eu une grimace de dégoût : « Je me demande si je ne commence pas à regretter les curés. Eux, au moins, savaient apprécier en connaisseurs. Tu sais ce qui va finir par nous arriver, à toi et à moi qui avons appris le dessin avec Borduas ? Nous allons devenir une mode. Nous vendrons très cher des objets qu'on achètera par vanité. Des coupes en or qui serviront à faire flotter des boutons de rose sur la table du salon, au lieu de contenir le corps et le sang du Christ. J'ai beau ne pas croire au Christ, ça me déprime. »

Quand il a été parti, j'ai demandé à mon père si Livernoche avait raison.

— Oui, bien sûr, mais je ne serai pas là pour le voir.

Pourquoi dit-il ça ? S'il veut mourir, qu'il passe aux actes et qu'il arrête d'en parler ! Ça me tue.

25 décembre

Soir. J'ai mis Gershwin sur la stéréo du salon. Le sapin clignote, c'est Noël. Je suis seule. Nous sommes revenus du réveillon ce matin, vers six heures, mon père et moi, en automobile. Tout était très calme, les champs glacés et roses, avec de temps en temps une maison sans lumière et fumante au bord de la route. Fin de fête dans une auto chaude avec des banquettes comme des divans. J'ai ouvert le coffre à gants par hasard. Il était complètement vide, sauf pour trois rouges à lèvres, trois tubes différents, de métal or, soigneusement rangés. Ma mère a toujours affirmé que le seul véritable outil de la femme en matière de mécanique était le rouge à lèvres.

— Le corail vif est pour demander sa route, le crème de mauve est pour les contraventions, a murmuré mon père.

— Le rouge flamme est pour les crevaisons, ai-je ajouté.

C'était maman.

— Les meilleures conversations de ma vie, je les ai eues

avec ta mère dans nos automobiles. En auto, tout ce qui est immobile se met à bouger, tout ce qui pourrait bouger reste immobile. Et on ne peut pas lâcher la route des yeux, alors on tend l'oreille. On écoute mieux.

Il a arrêté l'auto dans notre longue entrée. Notre maison se tenait au milieu du champ, elle avait cessé de bouger, nous ne bougions pas plus. Nous ne nous sommes pas regardés, j'ai tendu l'oreille.

— Finalement, l'événement capital de ma vie aura été la parution de *Refus global*, en 1948. Pas parce que je l'aurais signé, d'ailleurs — à vingt ans, je ne comprenais rien à ces choses-là. Non. C'est l'événement de ma vie parce que Borduas, qui l'avait rédigé, a été renvoyé de l'École du meuble et j'ai perdu mon professeur de dessin. Ça compte un professeur à vingt ans. Je suis convaincu que ça peut changer le cours d'une existence et que la mienne aurait pu être changée par lui. Mais...

Il s'est tu, j'aurais dit n'importe quoi pour qu'il continue :

— Qu'est-ce qui a changé ta vie, alors ?

— Rien. Quelquefois, je te regarde et c'est comme si tu n'étais jamais née, comme si ce n'était pas moi, tu comprends ?

30 décembre

Les trois derniers felquistes en fuite ont été arrêtés dans la nuit du 27 décembre, dans une petite maison blanche, à Saint-Luc, non loin de Montréal. On ne leur a pas offert l'exil et on peut supposer que s'ils avaient voulu passer les frontières, en fuite depuis plus de deux mois, ils en auraient trouvé le moyen.

Chapitre 3

Le père de Marcelle était ébéniste. Est-ce que j'avais jamais posé l'ombre d'une question sur elle ? Sur sa famille ? Je ne me rappelais pas. Son père était mort, ça, je le savais. Comment ? Et qui me l'avait appris ? Je ne me rappelais pas. Sans doute le docteur Deslauriers. Sûrement, même. Il n'y avait que lui pour savoir.

Du coup, j'ai donné une place à la photo de Marcelle. Pour une fois, c'est moi qui ai tendu une image à Nicolas en lui disant :

— Qui est-ce ?

Le gros a regardé trois secondes, a levé les yeux sur moi :

— C'est ta mère, Jean-Étienne.

* * *

Peu de temps après, j'ai entendu par téléphone une voix électronique : « Jed, déplacement. » J'ai dit : « O.K. » Le lendemain, je suis allé à la gare. Un paquet m'attendait à la consigne. Je l'ai rapporté chez moi, je l'ai ouvert. Il contenait un billet d'avion, un passeport et une feuille de route : une adresse, un itinéraire et deux photographies.

Le surlendemain, j'ai pris l'avion, je suis arrivé dans une ville, j'ai sauté dans un taxi, j'ai donné l'adresse d'un hôtel, j'ai récupéré le décalage horaire, j'ai dormi.

Le matin suivant, j'ai marché dans la ville en touriste, avec un guide bleu à la main, jusqu'à un édifice. J'y suis entré. Il était midi, les gens sortaient. Je suis monté jusqu'au dixième étage, j'ai sonné à une porte vitrée, on m'a fait entrer, j'ai donné un nom, pas le mien, on m'a dit d'attendre, on m'a laissé seul. Une femme est revenue, elle m'a tendu une clé. Nous sommes sortis tous les deux en même temps, elle a pris l'ascenseur qui descendait, moi celui qui montait. Deux étages plus haut, j'ai ouvert avec ma clé la porte d'un cagibi, j'ai trouvé une valise avec laquelle je suis parti. Je suis rentré à l'hôtel.

Le lendemain, avec la valise, assez légère, j'ai marché jusqu'à un chantier, dans un terrain vague. Je me suis installé au troisième étage d'une tour inachevée, seul. C'était dimanche. J'ai attendu jusqu'à midi, puis j'ai ouvert la valise, j'ai sorti un Robar SR90, j'ai vissé le canon sur la crosse, j'ai vissé la lunette sur le canon, j'ai vissé le silencieux, j'ai chargé.

Ils sont sortis trois d'une voiture très usagée. J'en attendais deux. Ils ont parlementé, l'un d'entre eux est reparti. J'ai vu un homme jeune, à la figure un peu grasse, détendu, sans méfiance aucune, qui portait des petites lunettes à la John Lennon. J'ai visé la tête, j'ai tiré, il est tombé. Pour l'autre, il fallait faire vite, mais il était plus vieux. Il a essayé de courir, j'ai tiré un coup en le devançant, pour qu'il arrête, il a pivoté, j'ai visé dans le dos. Il est tombé. J'ai visé la tête, j'ai tiré deux fois. Dans la lunette, j'ai pu voir ce qui restait de leurs têtes. J'ai jeté le fusil. Je suis parti à pied.

Dans un marché, près du port, j'ai essayé de trouver du teck. Ce n'était pas la saison.

* * *

C'est après ce déplacement qu'une nuit, j'ai été réveillé par l'odeur de la fumée. Une fumée dense, âcre, épaisse, à l'odeur verte et humide.

Je me suis levé et j'ai fait de la lumière. J'ai eu la vue brouillée pour un instant. Il n'y avait pas de fumée, rien que cette odeur insolite, surtout à quatre heures du matin. J'ai jeté un coup d'œil à la fenêtre : mon hangar était sombre et la cour, silencieuse. Plus je levais la tête, plus l'odeur était forte. J'ai grimpé quatre à quatre chez Nicolas et Marine, et j'ai tambouriné à leur porte jusqu'à ce qu'on m'ouvre. C'était Nicolas.

— Qu'est-ce qui se passe, hostie ?

— Il y a le feu.

— Le feu où ? Ici ?

Marine est arrivée derrière lui, en courant sur ses pieds nus. Quand elle m'a vu, son visage s'est durci. Elle portait une longue chemise de nuit en organdi blanc, une splendeur de dentelles et de rubans, qu'elle a dû trouver dans une des chic boutiques où elle travaille pour payer ses études, au *Fuckland Shopping Centre* (comme elle dit).

— Le feu ? a repris Nicolas.

— J'ai été réveillé par la fumée, mais il n'y a rien chez moi.

Nicolas a crié « Eh, merde ! », il a couru au fond du couloir. Marine est montée à l'étage, en courant elle aussi. Elle a lancé par-dessus la rampe : « Je ne vois pas de feu. »

Elle est descendue, la figure recomposée, sans un regard pour moi, et a fermé la porte de sa chambre sans brusquerie. Le pêne a eu un bruit mat, définitif. Nicolas a allumé la lumière, sans se presser, et a refermé la porte d'entrée derrière moi.

Je voyais bien qu'il n'y avait ni fumée ni feu. L'odeur s'était dissipée. Quand Nicolas a mis sa main sur mon épaule, je me suis aperçu que je tremblais de tous mes membres.

— Avec le matériel que je garde, j'ai des détecteurs de fumée aux quatre coins des deux étages. Tu peux retourner dormir, mon homme, il n'y a pas plus de feu ici que de courage au Parlement.

J'ai avalé ma salive :

— J'aurais juré que c'était vrai.

— Un rêve est toujours vrai. Tu as des rêves de propriétaire, quoi de plus normal ? Tu vas attraper ton coup de mort à sortir en pleine nuit de gel. Viens, je vais te faire un grog.

Je l'ai suivi jusqu'à sa cuisine, tout au fond de l'étage. C'était beau chez lui, avec des lumières bien placées sur des murs rouges ou ocre. Pendant que l'eau bouillait, il a baissé la voix :

— Tu as remarqué comment Marine s'habille pour dormir seule ? J'espère que tu la regrettes un peu.

Le lendemain soir, il m'a emmené voir *Opening Night* de Cassavetes. Tout ce qui m'est resté de ce film, ce sont les nombreux plans où l'on voit une porte qui se referme toute seule.

* * *

Quand j'ai vu Marine pour la première fois, j'ai cru qu'elle s'appelait Marina. « Marine, avait-elle corrigé, c'est la couleur de mes yeux. » Ils étaient si noirs qu'ils en paraissaient bleus, en effet. Quand on les regardait de près. De très près.

Chapitre 4
Janvier 1971

Enfin la paix. J'ai honte de l'écrire, mais marcher dans les rues et croiser un soldat en armes tous les vingt pieds vous use l'héroïsme mieux que tous les combats du monde. Dans combien de temps les aurons-nous oubliés ? Dans combien de temps nous reviendront-ils ? L'an dernier, il y avait grève de la police, l'armée est débarquée. Cette année, il y a eu kidnapping et complot, l'armée est revenue. On va finir par s'habituer.

Enfin, mes voisins et moi, nous avons fait place nette, remis de l'ordre dans nos maisons. Mab et Hyacinthe sont furieux : ils croient qu'on leur a volé des choses. Ils ont passé au crible toute la maison, je les ai aidés, et c'est vrai, il leur manque des objets. Mab a perdu un collier de turquoises et une agate montée sur un fil de platine. Hyacinthe se serait fait voler son passeport, ce qui est tout de même un peu bizarre. Pourquoi lui aurait-on pris son passeport ? Ça n'a aucune valeur. Il hésite à le signaler, lui en donnera-t-on un autre ?

Hier, je l'ai senti à bout de nerfs, au bord des larmes. Il ne serait pas un peu hystérique ? Mab voulait le rassurer :

— Va au bureau des passeports, dis que tu l'as perdu. S'ils te font des difficultés, j'en parlerai à mon oncle, c'est tout.

Il lui a lancé un œil mauvais :

— Ta famille m'écœure, mon amour. Je ne vais certainement pas demander l'aide d'un pilier de la réaction.

Ben voyons ! Il ne refuse pas, pourtant, de vivre indirectement aux crochets de ces réactionnaires qui donnent à leur fille indigne de quoi manger depuis deux semaines. Ils sont dans un creux, ces temps-ci. Hyacinthe attendait un gros contrat de narration à l'ONF, qui, en fin de compte, n'est pas venu. Mab et lui avaient planifié tout un voyage au Chili avec cet argent. Elle dit qu'ils ont tué la peau de l'ours avant de l'avoir vendue. Hyacinthe n'aime pas son humour. Je ne crois pas qu'il aime grand-chose, finalement.

11 janvier

Pas de nouvelles de Mab depuis trois jours, je suis montée chez elle sans m'annoncer. Je l'ai trouvée avec un halo mauve autour d'un œil et un bandage qui lui enserrait le front ; elle a eu des points de suture. « Trois, a-t-elle précisé, trois petits points, une affaire de rien, ça paraît pire que c'est. »

À l'hôpital, elle a raconté qu'elle était tombée. Quand je lui ai demandé qui lui avait fait ça, elle m'a répondu que c'était Proust. Elle remontait la bibliothèque avec Hyacinthe et, de livre en livre, la discussion s'est échauffée. Elle a pris toute *La recherche* sur la gueule. « Je ne comprends pas ce qu'il a, il est furieux jour et nuit. »

J'ai voulu aller à la police. Mab m'a rappelé qu'il fallait avoir un motif de plainte et qu'un œil poché n'en était pas un aux yeux de la loi. J'ai insisté, elle m'a demandé de me mêler de mes affaires.

Je lui ai alors montré ce que j'avais trouvé chez moi, en rangeant mes affaires, au fond du vaisselier encastré : une carte postale. Elle représente une bête monstrueuse, une sorte de chien avec des ailes et des piquants, des moustaches de chat et une petite tête de profil, dont l'œil est tourné vers l'extérieur. Elle a ri et a retourné la carte, qui ne portait pas de date. Avec une loupe, nous avons déchiffré le message, écrit en lettres serrées :

Paris

Mon pauvre hère,

Ce matin, j'ai enfin su commander un café de la bonne façon ! Je me suis tenu au comptoir avec un semblant de naturel et en singeant de mon mieux l'accent et la dégaine des gens du cru. On ne m'a pas fait les gros yeux, on ne m'a pas fait répéter, on ne m'a pas demandé si j'étais Corse, on ne m'a pas ignoré et j'ai été servi avec diligence et politesse. On m'a même gratifié d'un « Beau temps, n'est-ce pas ? ». Nom de Dieu, comme ils disent ici, il faisait beau en ciboire !

Ils ont un vrai printemps, à Paris. Et les marronniers, au-dessus de la chaleur des bouches de métro, ont déjà tout leur feuillage. Je sens que je vais devenir, en moins de temps qu'il n'en faut pour crier « Vive l'anarchie », un vrai faux-Parisien.

Mon pauvre hère, viens vite me rejoindre. Tourne le dos à notre médiocre ville, fais comme moi, lave les planchers d'un cargo et traverse l'océan. Écris-moi.

Il n'y avait plus de place pour la signature, qui devait être inutile. L'adresse du destinataire n'était plus que quatre traits flous, tracés à l'encre rouge. Mab rêvait :

— Tourne le dos à notre médiocre ville... Je croirais entendre mon oncle Hilaire, qui a respiré le bon air de la grande Europe six mois par année pendant vingt ans, en dilapidant son héritage pour vivre dans une chambre de bonne et tremper son croissant-beurre au Café de l'Odéon.

— Il n'y a pas de date, ai-je remarqué.

— C'est sûrement récent.

— Pourquoi ?

— La carte est à peine usée.

J'étais déçue. J'aurais préféré un signe plus lointain.

— Qui demeurait chez moi, avant moi ? ai-je demandé.

— Aucune idée. Nous ne saurons jamais qui était le pauvre hère.

— Pauvre hère, ça fait ancien, tu ne trouves pas ?

— Ouais, mais c'est aussi un animal, un jeune cerf qui n'a pas encore ses bois.

— À peine sorti de l'enfance.

L'adresse était devenue illisible. Ses quatre lignes rouges ne révélaient rien, même à la loupe. J'aurais penché pour une écriture de femme, Mab croyait le contraire :

— Une femme qui aurait lavé les planchers d'un cargo ? C'était un homme.

— Le propriétaire, lui, doit bien savoir qui a occupé mon logement avant moi.

— Non ! Ne lui demande pas !

Ce mouvement brusque a arraché à Mab une grimace de douleur et elle a porté la main à sa tête :

— En fait, je le sais. C'étaient deux gars que Hyacinthe connaissait vaguement.

Hyacinthe connaît tant de monde...

— Deux junkies. Deux cadavres en sursis qui vivaient retranchés au rez-de-chaussée, derrière les vitres peintes en noir. Ils avaient percé des trous dans les murs pour enfouir les ordures. Le propriétaire a ses raisons pour louer à si bon marché, tu vois. Ils avaient fait fuir les voisins du dessus, nous avons eu leur logement pour presque rien. Le tien a été rénové au grand complet avant que tu arrives.

Cette carte comporte pour toute indication : « Détail de la *Mort de saint Étienne*. Musée de Cluny. » Étrangement, le dessin a une texture finement granuleuse, qui évoque le pointillisme. C'est de la broderie, ce drôle de détail provient sûrement d'une tapisserie médiévale.

En redescendant chez moi, j'ai croisé Hyacinthe qui rentrait. Il avait le visage barbouillé de larmes. Tu peux pleurer les larmes de ton corps !

14 janvier

Oui, le Détail vient d'une tenture médiévale : la *Mort de saint Étienne*, tableau numéro 8, d'origine inconnue, probablement flamande, et datant du début du XVIe siècle. Saint Étienne, premier martyr de la chrétienté, fut occis par des Juifs qui laissèrent sa dépouille dans une forêt pour que les bêtes la dévorent. Par une intervention divine, le cadavre ne fut point touché et put recevoir une sépulture. La tapisserie représente la dépouille, entourée d'animaux respectueux et contemplatifs, sous le regard ébahi des témoins du miracle, pendant que l'ange Gamaliel accueille l'âme du saint qui s'élève. Le Détail, bête à l'identité trouble, est au centre de l'image. Et son œil, qui est le seul à vraiment solliciter le regard, est en plein centre de ce centre. La mort a-t-elle un œil ?

Cette scène comprend la représentation de l'âme et du corps, séparés, certes, mais identiques, comme participants d'un tout. L'âme est petite, lointaine, claire, à l'arrière-plan. Et verticale. Le corps est massif, sombre et horizontal. C'est de loin le volume le plus important de la composition. Le phylactère se lit ainsi : « Comment le corps de saint Étienne est délaissé au lieu de son martyre et exposé aux bettes et par la divine puissance préservé. »

Ce miracle aurait donné lieu aux premières reliques, le corps du saint ayant été en soi l'objet de la protection divine.

Je regarde à nouveau le Détail. Bien planté sur ses petites pattes griffues, avec ses longues oreilles velues et dressées, il ne semble pas très touché par la grâce divine. Il se tient plutôt à l'arrêt, comme un chien qui n'attend qu'un mot pour bondir. Ce mot ne viendra pas, il l'attend depuis des siècles.

Je relis la carte. L'ami du pauvre hère a dû trouver un peu de repos au Musée de Cluny. Ce musée vend-il des cartes ? Rien n'est moins sûr, il a pu acheter cette carte ailleurs. Je l'imagine assez bien, cet homme, déambulant dans un petit musée tranquille et monacal, plus à son aise là que dans les hauts lieux où la culture écrase ceux qui ne sont pas sûrs de pouvoir s'en réclamer. Je me demande s'il tient le coup, à Paris. Probablement. Quand on a traversé l'Atlantique en nettoyant un cargo, on y pense à deux fois avant d'avoir le mal du pays. Et le pauvre hère ? Qu'est-ce qu'il est devenu ? J'ai pensé : hère = héroïne. Il devait aimer les jeux de mots.

J'ai fait le tour de mon petit logement avec d'autres yeux. Les murs sont lisses, blancs, les parquets de chêne luisent comme des miroirs, sans une seule marque, pas une trace d'usure. Même le fond des armoires a été repeint. Et toutes les vitres sont neuves, fraîchement mastiquées. Dans les bâtisses de cet âge, d'habitude, on trouve toujours au moins une vitre plus mince, avec une ou deux bulles d'air qui trahissent la fabrication artisanale.

J'ai été prise de nausée, j'ai à peine eu le temps de courir aux toilettes pour vomir dans la cuvette de porcelaine, neuve elle aussi.

J'ai glissé le Détail entre la glace et le cadre de mon miroir.

20 janvier

Appel de mon père : « Tu vas bien ? Et tes études ? » Je vais bien. Il a trouvé un *camper*. Cette fois, c'est vrai, il part. La côte est jusqu'en Géorgie, puis La Nouvelle-Orléans et Corpus Christi. Il fera ce voyage seul, comme il y pense depuis la mort de maman. Il ne veut pas parler pour ne rien dire, alors il ne dira rien et ne parlera pas : « Tu vas bien ? Et tes études ? » Je vais bien. Pars. Et envoie-moi une carte postale.

22 janvier

J'ai vu Daniel Sanche aujourd'hui. Il avait l'air très abattu. Alain Quirion est malade, je n'ai pas pu en savoir plus. Nous avons marché autour de l'université, entre deux cours. Daniel m'a raconté que Quirion lui avait sauvé la mise au collège en l'aidant à passer ses Éléments latins, qu'il n'aurait pas réussis sans lui. Ils sont devenus amis en déclinant et en conjuguant, le grand efflanqué et le petit gros.

24 janvier

Il m'en est arrivé une drôle : j'ai dû m'écorcher pendant mon sommeil. Ce matin, j'ai été réveillée par un élancement au pied droit, où j'avais quatre longues stries rouges, qui ne saignaient pas, mais qui chauffaient beaucoup. Je ne vois pas où j'ai pu me faire une chose pareille. Dans la journée, la brûlure est passée. Par contre, les marques sont restées, et leur rougeur ne semble pas s'atténuer.

Chez mes voisins, tout est redevenu très calme. Même la petite ne pleure plus. Hyacinthe est suppléant dans une école le jour et répète un petit rôle le soir dans *Tambours et trompettes* de Brecht. Il doit filer doux. J'hésite à y retourner, Mab doit être en train d'oublier. Moi pas. Quand on a reçu une confidence, on se souvient pour deux.

J'ai fini par savoir ce qui est arrivé à Quirion. Il est à l'hôpital Douglas, chez les fous. Il paraît que dans une réunion d'étudiants, sans aucune raison, il s'est rué sur quelqu'un et que ça s'est terminé avec Quirion qui enfonçait une patte de chaise dans la bouche de ce monsieur. Le tout aurait pris environ trente secondes.

— Je ne sais pas comment il s'y est pris, m'a dit Daniel. Il a l'air maigre, comme ça, mais il peut frapper dur ! L'autre gars a perdu toutes ses incisives, il a porté plainte. C'était

Douglas ou la prison. La famille d'Alain est en train de négocier des dommages et intérêts à l'amiable. Les dents, ce n'est pas si grave, mais il aurait pu le tuer.

Il a eu un rire nerveux :

— C'était vraiment quelque chose à voir ! Alain tenait la chaise tout entière par une patte, enfoncée dans la gueule du gars, comme si ça n'avait pas été plus lourd qu'une cuillère. Il aurait pu lui écraser la trachée et l'étouffer.

— C'est arrivé pourquoi ? Pour rien ?

— Une niaiserie, je ne sais pas quoi. Ils discutaient, ils n'étaient pas d'accord.

J'ai parlé d'aller le voir.

— Non ! Surtout pas ! Tu l'impressionnes beaucoup, ça va l'humilier si tu le visites. Et puis... quand j'y suis allé, il ne m'a pas reconnu. Il n'est pas dans son état normal. Il délire, par moments.

J'ai dit : « Ah. »

30 janvier

Réveillée par une douleur, toujours la même, au pied droit, toujours marqué de rouge. Ça ne saigne pas, ça ne bleuit pas, ça ne part pas non plus. J'ai mis de la glace. Je ne sais pas ce qui s'est passé, je me suis réveillée à l'aube, sur le plancher de la cuisine. J'ai dormi presque toute la journée et donc veillé toute la nuit. J'en ai profité pour m'avancer dans mes lectures. J'ai des cernes mauves et je suis blême.

31 janvier

Rentrée chez moi fourbue. J'ai pris un bain chaud, pas une douleur au pied, pas le plus petit élancement, rien. Je suis tombée comme une masse dans mon lit, pour me réveiller avant l'aube, le pied brûlant. J'ai d'abord voulu allumer, mais dans la pénombre j'ai entendu un souffle haletant, tout près de moi.

Mon sang n'a pas fait qu'un tour, il en a fait plusieurs. Je suis peureuse, la seule pensée du danger m'enlève tous mes moyens. Quand mes yeux se sont habitués à l'obscurité, j'ai vu une petite boule frémissante au pied de mon lit et je me suis dit que oui, il était possible qu'en plein janvier, par un froid à pierre fendre, un chien errant ou un chat se soit faufilé chez moi par une porte mal fermée.

J'ai allumé, le cœur dans la gorge. Et ensuite, je n'ai pas pu crier. C'était lui. Le Détail. Avec ses piquants, ses griffes, ses yeux. Deux fois plus terrifiant de face que de profil. Il a cessé de haleter, il n'a pas bougé, il a fait un petit bruit de gorge, il a ouvert la gueule. J'ai entendu : « Vous êtes belle comme le jour. »

Et je crois qu'il a ri.

31 janvier, soir

Quel rêve ce fut ! Ce n'est pas un rêve. Mais j'aimerais mieux ça.

Chapitre 5

Une patte de chaise dans la gueule. Et la chaise tout entière tenue par un fou furieux. Il a fait ça, maître Quirion ? Ce grand fend-le-vent, défenseur du travail et de la famille ? Et Sanche ? J'avais oublié son visage, je n'ai pas pu me le représenter à vingt ans.

Et le Détail ? J'ai refermé le cahier noir sur lui. Marcelle devait fumer un peu trop de chetral. Ou peut-être qu'elle tâtait de la mescaline. C'était bien ma veine. Pourtant elle ne faisait jamais allusion à la drogue, et très peu à l'alcool. Elle me semblait singulièrement sage et sauvage, à la fois mûrie par nécessité et attardée dans l'adolescence, pleine de jugements sur elle-même et les autres.

J'essayais de me la représenter, mais c'est le docteur Deslauriers que j'ai vu, dans le petit salon au plafond lambrissé dont les fenêtres donnaient sur le parc Outremont : « Ta mère est morte à ta naissance, elle était déjà orpheline. Je ne la connaissais pas personnellement, son père et le mien étaient de lointains cousins, des Deslauriers du comté de Soulanges. Tu n'avais pas de famille immédiate. »

Je l'appelais assez souvent « docteur », il en riait et je crois que ça lui plaisait. Sa femme ne voulait pas que je l'appelle autrement que « maman ». Ils étaient dans la trentaine avancée lorsqu'ils m'ont adopté. J'ai réchauffé leur vie, du moins j'aime à le croire. Malgré tout, je n'ai pas dégelé leurs entrailles et aucun enfant de leur chair n'est venu s'ajouter à leur fils adoptif. Ça arrive, parfois.

Et Mab ? Je voyais une rousse bouclée aux yeux noirs, avec une longue natte. Une femme de scène, qui devait capter la lumière. Battue par un blond qui pleurait les larmes de son corps ailleurs que chez lui. Je n'arrivais pas à voir autre chose que le peu que Marcelle avait rapporté, sans y prendre garde, indifférente à décrire ce monde qu'elle voyait de ses yeux.

* * *

Il y avait une fête dans le hall du Théâtre du Nouveau Monde, rempli à craquer, et Nicolas faisait son métier. Moi, je l'avais aidé à apporter son matériel. J'étais dans un coin, je ne connaissais personne dans ce milieu où ils se connaissent tous, veulent tous se connaître et veulent tous être connus de gens qu'ils ne connaîtront jamais. Le petit bar était pris d'assaut, les chaises occupées par les sommités, les allèges des portes-fenêtres envahies par la génération montante.

Je me suis d'abord donné une contenance en regardant les photos de production, et je suis remonté sans m'en rendre compte jusqu'au fond du hall. J'ai tourné à droite, puis à gauche et je me suis retrouvé seul, près des entrées du parterre. Les accès de la salle étaient toujours ouverts ; le dernier spectacle venait d'être démonté, les lekolights se tenaient au garde-à-vous à l'arrière-scène, en rangées serrées. Pour tout éclairage, une énorme lampe sur pied, à l'armature de fer forgé, haute de deux mètres, placée à l'avant-scène, jetait une lumière crue, aveuglante si on la fixait plus de dix secondes. Indice de l'acoustique de cette salle, les bruits de la fête, à moins de cinquante mètres, étaient devenus inaudibles.

— Je peux faire quelque chose pour toi ?

Il se tenait dans une petite loge basse, au niveau de la

scène, une baignoire à la balustrade de velours rouge. Il était seul dans un contre-jour clignotant, mes yeux se sont ajustés : c'était un acteur. Un très connu, un client régulier de Nicolas.

— Tu es venu sentir la scène ? Tu es en manque ?

— Je ne suis pas un acteur.

— Oh ! Excusez-moi.

— Je suis un ami du photographe.

— Ah, Cosma ! Je le connais.

Connaître, le maître-mot du métier d'acteur. Si j'étais connu de quelqu'un qu'il connaissait, ça lui a paru suffisant. Il a ressorti le miroir qu'il avait enfoui dans sa poche, le sachet de poudre, a formé une ligne fine avec le tranchant de sa carte de crédit et l'a sniffée. Il a récupéré les poussières sur son index et s'en est massé les gencives :

— Tu en veux ?

J'ai décliné. Il a souri.

— Tu veux la paix, c'est ça ? Tu es comme moi. La foule me fait suffoquer ; je l'aime quand elle est à sa place, dans la salle, pendant que moi, je suis en scène.

Généralement, selon Nicolas, les acteurs d'écran semblent plus jeunes dans la vie et les acteurs de scène plus vieux. Celui-ci confirmait la règle. L'éclairage blanc accentuait ses cernes et l'éclat argenté de ses cheveux noirs. Comme s'il m'avait deviné, il m'a fait un sourire désarmant, si désarmant que j'ai eu le réflexe de lever les mains en l'air.

— Monte, les fauteuils sont plus confortables ici.

J'ai pris appui de mes deux mains sur la balustrade et j'ai grimpé d'un saut. Il a émis un petit sifflement. Pour faire ma connaissance, il s'est mis à parler de lui, de son dernier rôle, ici même, du rythme tuant de son travail, de la chance qu'il avait de pouvoir toucher à tout, enchaîner du contemporain sur du classique, du classique sur de la création, qu'il n'y avait qu'ici qu'un acteur pouvait atteindre une telle polyvalence, tu sais... Il devait me prendre pour un journaliste. Après tout, j'étais l'ami du photographe.

— Évidemment, à la longue, si on ne fait pas attention, on se brûle. Mais moi, j'ai tellement voulu, j'en ai tellement bavé pour y arriver que je suis à l'épreuve du feu.

Il se trouvait spirituel et se croyait assez malin pour que ça ne paraisse pas. Ses yeux rêveurs parcouraient la scène vide.

— Je peux vous poser une question ? lui ai-je demandé.

— Vas-y.

— Cette lampe, sur la scène, à quoi sert-elle ? Ce ne serait pas plus simple d'éclairer par les coulisses ?

Il m'a vraiment regardé, pour la première fois je pense, et en oubliant de sourire :

— Une scène démontée ne doit jamais être plongée dans le noir. Officiellement, c'est une question de sécurité, en réalité, c'est une superstition. En tout temps, il doit y avoir une lumière. On l'appelle la sentinelle. Elle monte la garde. Les Français appellent ça une servante, affaire de point de vue. C'est drôle, moi aussi, en entrant ici pour la première fois, dans le Saint des Saints, j'avais posé cette question.

Et il est redevenu aussitôt un professionnel :

— J'ai commencé sur cette scène, ici même. Je tenais un mousquet dans *Tambours et trompettes*. Trois lignes à dire, pas dirigé, mal payé, heureux.

Je me suis mis à le regarder avec un intérêt qui a dû le tromper :

— Excusez-moi, vous vous souvenez peut-être d'un autre acteur qui a joué dans *Tambours et trompettes* ? Il s'appelait Hyacinthe Roy.

— Hyacinthe... ? Ah oui, Hyacinthe Roy ! Avec un prénom pareil... Tu le connais ?

— C'était un ami de ma mère.

— Hyacinthe Roy ! Un grand blond, un garçon charmant, qui connaissait tout le monde... Il n'a pas fait son chemin, c'est étonnant.

— Il était bon ?

— Pour ce qu'on avait à jouer... Il avait du talent, oui, je pense. Un autodidacte complet, qui s'était fait tout seul, avec beaucoup de lectures et quelques protections. Je crois qu'il venait d'un milieu pas très reluisant, orphelinat ou maison de correction, je ne me rappelle plus très bien.

— Il avait une femme, non ?

— Ah oui, elle ! Marie-Andrée Baron.

— Marie-Adèle.

— C'est ça, Marie-Adèle, Mab ! La reine Mab, comme on l'appelait. Une fille de juge de la Cour supérieure, qui ne se prenait pas pour du Seven-Up ! L'université, la faculté de droit, un peu de Sorbonne saupoudrée là-dessus pour relever la sauce, ensuite l'École nationale de théâtre, *the works* ! Et puis, elle a épousé un bum ! Un beau voyou, sorti tout droit des taudis du quartier Saint-Henri. Une égérie de la contre-culture qui posait à la féministe, évidemment. C'était notre jeunesse. Tu n'as pas connu ça, toi. Moi, je ne regrette rien. On a eu du fun.

— Elle était comment ?

— Qui, Mab ? Une tête de cochon. Originale, ça oui, talentueuse, mais pas souple, absolument pas réceptive. C'est déjà un handicap pour un comédien, imagine pour une comédienne.

Je commençais à pouvoir imaginer, grâce à lui.

— Et qu'est-ce qu'ils sont devenus ?

— Hyacinthe et Mab ?

Il a dodeliné de la tête en se mordant la lèvre.

— Finalement, c'est assez étrange... Pas très longtemps après *Tambours*, d'ailleurs...

Il ne voulait pas en dire plus long.

— Oui, quoi ?

— Ils ont disparu.

Il s'est ébroué, son sourire à crocs lui est revenu et il m'a regardé dans les yeux :

— Tu ne partirais pas avec moi, par le plus grand des hasards ?

J'ai dit non. Mais on ne peut pas blâmer un acteur de vouloir faire connaissance.

* * *

Je venais d'être réveillé par la fumée, toujours la même odeur âcre, la même sensation de suffoquer, qui se sont dissipées en trente secondes, le temps que mes yeux ont pris pour s'habituer à l'obscurité. Tout était clair et limpide ; dans la fenêtre, les vapeurs de la nuit de novembre montaient vers une lune auréolée de glace, dans un ciel pur. J'ai avalé ma salive et respiré à fond. Il me semblait, tant qu'à être tourmenté dans mon sommeil, que j'aurais dû rêver au feu et non à la fumée.

* * *

À dix-huit ans, orphelin et maître de mon sort, tout ce que je voulais, c'était gagner le plus d'argent possible en travaillant le moins possible. L'ébénisterie est un bon métier, qui rapporte à condition d'en mettre un coup et de se fixer à un endroit. Mais je voulais voyager.

J'ai commencé par être moniteur de plongée pour un club de vacances dans les Antilles. De l'exploitation éhontée et une épreuve de patience à vous faire haïr tous les alizés de la planète. Un touriste est, par définition, privé de cerveau ; il le perd quand il franchit les portes électroniques de l'aéroport et il le retrouve quand il les refranchit dans l'autre sens.

À mon retour, peut-être par besoin de voir n'importe quoi sauf l'océan, je suis parti dans l'Ouest canadien, tout fin seul. J'arrivais au bout de mon argent quand je me suis avisé que je n'étais pas loin d'un camp d'entraînement. Je me suis dit qu'ils cherchaient peut-être des plongeurs. On a décliné mon offre, tout en me demandant si j'étais intéressé à ce qu'elle circule dans leurs filières. J'étais de passage, ai-je signalé. « Pas nous, me fut-il répondu, nous sommes partout. »

Trois jours après, j'ai reçu un appel et j'ai rempli des papiers. J'ai passé des tests, on m'a offert un stage. Bien rémunéré. Je ne me suis pas posé de questions, j'ai signé le formulaire d'engagement. J'ai été payé pour suivre un entraînement de sports de combat. On m'a offert un autre stage, encore mieux rémunéré, mais dans un autre camp. Je ne me suis jamais posé de questions.

Si, pourtant, une seule, alors que nous partions, une quinzaine d'hommes, dans un camion à la bâche relevée, par un matin clair et chaud, dans des prairies poudreuses sans âme qui vive à des kilomètres à la ronde. Je me suis demandé si la frontière pointillée du quarante-cinquième parallèle pouvait se sentir dans l'air. Car il me semble bien que nous l'avons franchie. Je n'en jurerais pas, mais il me semble bien. Je n'en jurerais pas. Mais.

* * *

En fait, je ne me suis jamais posé de questions. Aujourd'hui, quand j'essaie de comprendre comment j'ai pu passer à travers cet entraînement sans prévoir ce qui m'attendait, je dois d'abord m'efforcer de me rappeler que tout ça m'est arrivé à moi. J'ai marché comme une bête, en mettant un pied devant l'autre, matin après matin, et dormi comme une brute, nuit après nuit. J'ignore comment j'ai pu tenir, mais je commence à savoir pourquoi. Il y avait l'argent, évidemment. Autre chose aussi.

Nous étions soumis à une stricte discipline et on prenait soin de nous rappeler régulièrement que nous allions appartenir à un corps d'élite, plus puissant qu'un corps d'armée, plus aguerri que la police, plus protégé que les services secrets, plus utile, en somme. « Utile » était le mot qui revenait sans cesse.

Nous ne portions pas d'uniformes à proprement parler. Nous n'avions pas droit à nos effets personnels non plus, rien que des *sweats* et des vêtements informes, sans couleur définie, sans conformité. Notre seule unité vestimentaire consistait en des bottines noires, le modèle standard de l'armée de terre.

Le travail physique avait lieu le matin, l'après-midi étant réservé à ce qui était appelé « évaluation psychologique », avec des tests, toujours des tests, sur papier, de vive voix, sous forme d'interrogatoires, de situations recréées. Chaque semaine, le couperet tombait, notre groupe s'amenuisait et je restais. L'orgueil s'en est mêlé.

Je parlais couramment deux langues, ce qui était un autre avantage, et on découvrit rapidement que je n'aurais aucune difficulté à en apprendre plusieurs.

Et puis je visais juste, dans toutes les situations possibles. J'en fus le premier étonné. Je n'avais jamais manié une arme à feu avant. Pourtant, j'atteignais ma cible sans effort, en ayant d'instinct la bonne respiration. De plus, le travail du bois m'avait musclé les mains, j'encaissais le recul et pouvais vider un Baikal Makarov à huit coups en moins de vingt secondes. Il faut savoir regarder ce qu'on vise. Ça semble évident, mais à l'ultime seconde, environ la moitié des gens ferment les yeux. Moi, je ne fermais pas les yeux. Pas sur ma cible, en tout cas. Ni sur les mannequins. Ni sur les silhouettes en réalité virtuelle. Et j'étais sûr, le moment venu, de les garder ouverts.

Finalement, on m'a eu par la vanité. J'ai été aveuglé et je l'ai compris bien plus tard : il y avait le dépassement. Quoi que l'on pût faire, ce n'était jamais assez, ce n'était jamais la fin, il fallait aller toujours plus loin. Jamais je n'avais éprouvé ce sentiment, dans toute mon éducation où j'avais dû m'en tenir à la moyenne, trouver une place semblable à celle des autres, surtout pas différente, surtout sans exigence. Je comprenais que, dans notre monde, l'exception se paie alors que la norme est donnée, sauf là, quand je rampais dans la boue, quand je grimpais à des échelles de corde, quand j'évaluais ma capacité à retenir mon souffle ou ma douleur. Là, il fallait faire exception, se dépasser. Le dépassement m'est monté à la tête, comme l'air raréfié des cimes. J'aurais fait n'importe quoi pour ne jamais décevoir.

Mon nom était imprononçable pour eux. Ils m'ont nommé Jed, un surnom formé de mes initiales, que j'ai tant aimé porter que j'ai demandé qu'il devienne mon nom de code.

Chiot de guerre. Et heureux de l'être.

* * *

Nous étions partis quinze, nous avons fini cinq. Les chambrées étaient de trois ; je partageais mes quartiers avec un roux et un brun. Le roux, qui se voyait déjà en train de sauver ce qu'il appelait le monde libre, nous a quittés après deux mois. Je suis resté en tête-à-tête avec le brun, qui portait le prénom, assez patricien pour moi, de Tarquin. Il venait du Missouri. « Je suis un *Show me*, m'avait-il expliqué dès le premier jour. Dans le Missouri, on a la réputation d'être incrédules, de ne croire que ce qu'on voit, de dire "Show me", de ne rien prendre sur parole. Au point que le Missouri est surnommé le *Show me State.* »

Il ne croyait que ce qu'il voyait, je ne voyais que ce que je croyais. Deux recrues exemplaires.

Et puis l'entraînement a été fini. Nos premières missions étaient franchement utilitaires et sans danger. Nous allions porter du matériel. À qui ? Où ? Pour quelles fins ? Nous avions bien appris à ne jamais poser de questions. Nous partions au large, sur un porte-avions, nous décollions après le coucher du soleil, arrivions au-dessus des terres à la nuit tombée. Si nous avions pu lâcher nos charges sans avoir à atterrir, j'y serais peut-être encore, à livrer des bottes, des antibiotiques ou des munitions, payé au salaire d'un cadre spécialisé pour manipuler des caisses et tenir un fusil. Mais il fallait atterrir.

Nous avions de bons hélicoptères de combat, un peu désuets en équipement, mais toujours à l'état neuf, des Bell Huey 214 qui étaient restés dans les hangars à la chute du shah d'Iran. Ils faisaient encore très bien l'affaire, mais avec une autonomie maximale de quatre cents kilomètres. Il fallait refaire le plein avant de repartir, avec du carburant que nous transportions, car le porte-avions se tenait au large des eaux territoriales.

On ne retournait pas d'où on venait, d'ailleurs. Là où nos cargaisons étaient livrées, le pays n'était qu'une étroite bande de terre entre deux océans ; on partait du Pacifique pour aboutir en fin de course sur un autre porte-avions dans l'Atlantique, ou l'inverse, par mesure de sécurité, pour ne pas effectuer deux fois le même trajet. Cette nuit-là, nous avions fini de décharger nos caisses. C'étaient principalement des femmes et des adolescents qui venaient les prendre et les amener vers les campements sur des brouettes, des charrettes à bras ou sur leur dos. Le plein d'essence était presque terminé lorsque les premiers coups de feu ont claqué. La consigne pour une telle éventualité nous était répétée avant chaque départ : se replier dans nos véhicules, tirer le moins possible et partir. « Cette guerre-là, messieurs, n'est pas la nôtre. Nous sommes là pour être utiles, c'est tout. » Mais ceux dont c'était la guerre, les femmes, les adolescents sans armes qui étaient avec nous, eux, ne nous ont pas laissés partir. Nous avons essayé de décoller en refermant les portes, sans égards pour les mains écrasées.

L'appareil n'arrivait pas à s'élever parce qu'il y avait des gens suspendus aux patins d'atterrissage, et plus le rotor tournait sans que nous puissions prendre de l'altitude, plus le moteur surchauffait. Une seule chose restait formellement interdite : nous faire prendre, laisser derrière nous ne fût-ce qu'une carcasse de métal, parce que nous n'avions aucun droit d'être là. Quand le commandement d'ouvrir les portes a été donné, nous savions déjà ce que nous allions faire et nous l'avons fait : nous avons tiré à bout portant sur tout ce qui se pendait à l'appareil, à coups de Baby Eagle.

Je n'avais qu'une pensée en tête : vider mon chargeur, coup après coup. Ce n'est que le lendemain que je me suis aperçu qu'on m'avait griffé au visage et probablement mordu au bras gauche. Je ne sentais rien et ne pensais rien.

Le pilote a relancé le moteur dès que nous avons terminé et nous avons décollé d'un coup sec, sans refermer les portes. Nous nous sommes tous lancés sur les bancs, sauf Tarquin, qui a plongé dans le vide d'un mouvement sec. Il s'est accroché à un patin sur une hauteur d'une vingtaine de mètres et, ensuite, il est tombé pour de bon.

Je ne sais plus qui a dit : « Il ne pourra même pas se tuer, il n'avait plus de balles. » Mais ce n'est pas moi, j'aurais reconnu mon accent.

Le pilote a légèrement baissé d'altitude en opérant un virage à 180 degrés, nous avons eu le temps de voir Tarquin, écrasé au sol, la jambe tordue, qui criait de joie de nous voir revenir. Le superviseur de la mission a vidé un chargeur de mitraillette sur lui, sans quitter le siège du copilote. Nous nous sommes élevés à toute vitesse.

Je me demande ce qu'il a vu, d'en bas. Et s'il y a cru.

* * *

En revenant à la base, nous avons appris que notre unité serait démantelée et que nous étions tous en congé avec solde. Je suis retourné à Montréal, avec l'ordre d'attendre qu'on m'appelle, ce qui n'a pas beaucoup tardé.

J'avais loué une petite suite au vingtième étage du Quatre-Saisons, puisque je ne voulais pas retourner dans la maison de mes parents, fermée depuis mon départ, et qu'il était hors de question que je demande l'hospitalité à d'anciens amis qui auraient voulu savoir si j'avais aimé mon voyage. Durant les quelques jours où je suis resté en attente, j'ai passé mes journées à marcher dans Montréal, que je retrouvais après un an et demi, et mes nuits à dormir d'un sommeil épais pour me lever à l'aube, sans réveille-matin, sans rêves, sans angoisse, sans rien. Mes yeux s'ouvraient tout seuls.

J'ai eu un appel du notaire de mes parents, à propos d'un acheteur éventuel de la maison qui constituait une partie de mon héritage. J'ai tout de suite accepté le prix proposé, au grand déplaisir du notaire, un ami de notre famille depuis trente ans : « Tu es jeune, tu ne connais pas l'immobilier. Cette maison vaut beaucoup plus, même si le marché n'est pas favorable aux vendeurs. » Je lui ai laissé l'initiative d'une contre-offre. « Je le ferai pour la mémoire de tes parents, m'a-t-il dit, et parce que tu ne mérites pas de te faire exploiter. Ils voudraient que tu te défendes, que tu t'en sortes. Tu représentais beaucoup pour eux. » J'ai frissonné et je lui ai donné carte blanche. « Elles ne t'ont pas vraiment réussi, ces longues vacances. Tu les as passées où ? »

Deux jours après, je rencontrais pour la première fois celui qui allait être mon superviseur. « Malheureuse affaire, bien sûr... » furent ses premiers mots. « Ça aurait pu être pire. Votre unité restera démantelée. Certains de vos collègues travailleront dans certains secteurs de notre administration, des positions stables, mais sans avenir, si vous voulez mon avis. »

Le langage des superviseurs était aussi convenu que leur fonction de relayer les consignes. Les mots les plus vagues revenaient aux endroits stratégiques, comme le mot « certain », qui servait à toutes les nuances de l'incertitude. Il faudrait que je pratique ce code, que je le déchiffre sans jamais en livrer la substance à mon interlocuteur. J'étais là pour écouter, non pour penser.

— Par contre, certains éléments, au nombre desquels vous êtes, nous semblent aptes à des tâches plus exigeantes et donc plus valorisantes. Des postes d'avenir, si vous voyez ce que je veux dire.

À condition de ne pas mourir avant d'avoir eu un passé, en termes clairs.

— Nous vous dirigerions vers un autre centre de formation.

— Non.

J'avais signé pour cinq ans, mais aucune clause de mon engagement ne concernait une rallonge de formation. Pour passer au grade supérieur, il fallait d'abord avoir fait son temps. Cette période de probation était un test et, évidemment, elle n'était assortie d'aucune garantie de promotion. Personne n'avait prévu que notre « malheureuse affaire » rendrait ses témoins un peu inopérants dans la hiérarchie.

— Non ?

Il a lissé de son pouce et de son index l'endroit où il avait déjà dû avoir une moustache. Chez lui, c'était une façon de pivoter mentalement, je l'ai compris plus tard.

— Vous avez lu votre contrat. Certains de vos collègues ne vont même pas jusque-là. Nous vous regretterons. Mais en attendant, ces cinq années que vous nous devez, à quoi allons-nous les consacrer ?

C'est avec ce « nous » que j'ai compris que je n'en sortirais pas indemne. Et je crois que ça s'est lu sur ma figure.

— De votre première formation, il reste certaines aptitudes qui demandent toujours à être exploitées. Vous ne répugnez pas à travailler en solitaire et vous êtes bon tireur. Vous ferez un excellent exécutant.

— C'est-à-dire ?

— Vous exécuterez.

— Quoi ?

— Des gens.

— Et si je refusais ?

— Nous vous tuerons. Ce serait dommage, car vous pouvez servir utilement, alors que les gens que nous exécutons, eux, doivent mourir, car ils mettent la sécurité de beaucoup d'autres en péril. Et croyez-moi, les exécutants ne nous manquent pas. Si vous refusez de devenir l'un d'eux, c'est l'un d'eux qui vous trouvera. Où que vous puissiez vous cacher, nous vous trouverons, nous vous tuerons, en pure perte. Alors que cet emploi — qui paye très bien — ne vous demandera tout de même pas d'être sur le qui-vive jour et nuit.

— Et après cinq ans ?

Il s'est renversé sur le dossier inclinable de son fauteuil :

— Vous aurez fini votre contrat. Vous serez bien placé pour savoir ce qu'il en coûte de ne pas se tenir tranquille avec nous. Vous vous tairez et nous ne pourrons pas vous en demander plus. Nous respectons nos contrats, nos contractants nous respectent.

Le reste de la rencontre s'est passé à m'expliquer le fonctionnement des exécutants. Quand je suis parti, le superviseur m'a répété :

— Ceux que vous exécuterez mourraient de toute façon, parce qu'ils doivent mourir. Autant que ce soit fait par nous.

Chapitre 6

Janvier, février 1971

Quel rêve ce fut ! Ce n'est pas un rêve. Mais j'aimerais mieux ça. Il a posé sa patte sur mon pied et ses quatre griffes se sont superposées à mes quatre marques rouges :

— Je vous demande pardon, je vous ai blessée. Je ne crois pas avoir jamais touché un être vivant, vous savez. Je n'ai pas l'habitude. Quel est votre nom ?

— Marcelle, ai-je répondu, Marcelle Deslauriers.

— Ça vous va.

— Et vous ? Comment vous appelez-vous ?

— Un détail n'a pas de nom, ma chère.

— Vous n'existez pas, n'est-ce pas ?

— Faudra-t-il que je vous blesse de nouveau ?

Il s'est secoué, ses aiguilles ont fait un bruit léger, celui d'un rideau en perles de bois poussé par le vent. Il a arpenté le sol de ma chambre tout en furetant. Dans le faisceau de la lampe de chevet, il s'est mis à chatoyer.

— Vous brillez, lui ai-je dit.

— C'est le fil de soie et de laine des tisserands flamands, mon enfant, de la très belle qualité.

— Vous êtes quelle sorte d'animal ?

— Je suis un détail, un détail de la *Mort de saint Étienne*, tableau numéro huit, ça ne vous suffit pas ?

— Non.

Il a poussé un grand soupir saccadé :

— Je ne sais pas quelle sorte d'animal je suis, là ! Je suis un amalgame. Ça a son charme, non ?

Je l'ai senti blessé, je n'ai pas insisté.

— Qui était le pauvre hère ? ai-je repris.

— Je vous demande pardon ?

— L'homme à qui la carte postale s'adressait, qui était-ce ?

— Je vois ce que vous voulez dire. Je suis désolé, ma chère, je n'ai pas à répondre des mots que portent mes images. Cet homme, je ne le connaissais pas. Quand il a reçu la carte, sa joie a été si grande qu'il ne l'a pas lue tout de suite. Avouez qu'on ne rencontre pas une telle classe tous les jours.

— De quoi avait-il l'air ?

— Ça ne vous regarde pas ! Est-ce que je vous demande, moi, de quoi il a l'air, celui que vous portez ?

— Celui que je porte ?

— Ah non ! Épargnez-moi l'hypocrisie, s'il vous plaît ! Il a bu votre sang depuis suffisamment de jours maintenant, vous savez bien qu'il est là, admettez-le.

— Oui.

Il a eu le même soupir saccadé. Je crois que c'est son cri.

— Ce n'est pas très chaud chez vous. Je suis au royaume du Danemark ou dans la grande cité de Novgorod ?

Faudra-t-il que je lui explique la découverte de l'Amérique ? Ça risque d'être long.

3 février

Il n'est pas revenu. Peut-être que j'ai rêvé, après tout. Peut-être que ce n'était qu'une voix en moi pour que je dise tout haut ce que je ne voudrais pas apprendre de la bouche d'un autre : je crois être enceinte. Je dois trouver un médecin.

6 février

Je suis allée chez Georges Deslauriers, gynécologue d'Outremont, fils d'un cousin de mon père, qui a pris ma petite carte d'assurance-maladie toute neuve du bout des doigts, comme si elle avait pué, et qui l'a passée dans son rouleau à encre en se pinçant le gras de la main et en sacrant entre ses dents. Il n'est pas encore habitué à la médecine socialisée et ne s'habituera pas de gaieté de cœur.

— Si j'avais voulu faire du commerce, je serais allé aux HEC. Si j'avais voulu être fonctionnaire, j'aurais appris à jouer aux cartes. Le gouvernement regrettera beaucoup ce qu'il nous impose pour plaire à une bande de socialistes. La médecine perdra son visage humain.

Malgré son souci d'humanité, on ne peut pas dire qu'il soigne beaucoup sa clientèle : j'ai dû faire les cent pas pendant une demi-heure sur le trottoir, dans la neige mouillée, parce qu'il ne reçoit qu'à heure fixe, dans son joli bureau dont la porte donne directement sur la rue, au rez-de-chaussée de sa jolie maison. Comment font ses clientes ? Elles attendent dans leurs limousines en contemplant le parc Outremont ?

J'ai découvert ce parc à seize ans, au hasard d'une promenade avec un garçon que j'ai beaucoup aimé. C'est toujours un carré plat et ombragé de peu d'étendue et sans style, mais sa fontaine et sa pièce d'eau, dans la lueur des lampadaires au crépuscule d'été, m'avaient semblé l'image même de la paix de l'âme. Figé dans l'hiver et compissé de glace jaune, je l'ai trouvé hideux.

Enfin, le cousin Georges a écrit mon nom sur une chemise de carton bleu et m'a envoyé le sourire amène qu'il doit donner à toutes :

— Comment va ton père ?

— Il est parti en voyage, dans le golfe du Mexique.

— Son vieux rêve. Si je pouvais partir, moi... Tu sais que j'ai toujours le bureau et la bibliothèque qu'il m'a fabriqués quand j'étais interne à Notre-Dame ? De la qualité éternelle, ça ne se démode pas.

— C'est du solide.

— Je n'ai pas eu le temps de me rendre aux funérailles. J'ai été désolé pour ta mère. Si jeune, en pleine santé, qui aurait cru...

— Qu'elle se suiciderait ?

Il s'est rembruni. Il veut bien appeler une chatte une chatte, mais il y a des limites. Il a toussoté.

— Qu'est-ce que je peux faire pour toi ?

— Je suis enceinte.

Un rapide coup d'œil à mes mains a achevé de le consterner : non, je ne porte pas d'alliance.

— Et puis ?

— Je voudrais avorter.

— Je ne pratique pas ce genre de choses, c'est interdit par la loi.

— Je voudrais une adresse.

— Encore bien moins !

Je me suis trompée. Je l'avais cru plus indifférent à la chose. J'ai pensé qu'au moins il pourrait me recommander quelqu'un ou répondre à mes questions. Il paraît que sur le plan médical, c'est aussi simple que de se faire enlever une dent, ciboire ! Ciboire de saint chrême d'hostie !

Il n'a même pas attendu que je sois sortie pour déchirer mon dossier vide. Et la facture de ma consultation, il l'a déchirée aussi, peut-être ? Je suis rentrée transie, le pied brûlant, l'humeur noire.

Bon, je vais en parler à Mab, elle doit savoir.

7 février, matin

Dans la nuit profonde, bruissement perlé du Détail. Va au diable, je n'allumerai pas !

7 février, soir

Il n'y avait que Hyacinthe, qui donnait à manger à la petite. Mab devait rentrer, je suis finalement restée pour l'attendre, assise sur une chaise de cuisine.

— Un café ? m'a offert Hyacinthe. Tu as l'air amochée. As-tu mangé ?

Pendant qu'il baignait la petite dans l'évier de la cuisine, j'ai englouti une assiette de bœuf aux pâtes. C'était bon.

— Tu avais faim. Il faut manger chaud en hiver, ne serait-ce que des patates en sauce. Ça use, le froid.

Il m'a donné cette consigne de survie dans son vocabulaire précis, avec sa belle voix d'acteur. Je cherchais quelque chose à lui répondre pendant qu'il berçait sa fille, je ne trouvais rien.

— C'est plus dur de faire la gueule à quelqu'un qui vient de vous nourrir, hein ?

— Peut-être.

— Pas peut-être, sûrement.

Il a serré la petite contre lui et est allé la coucher. Tout était calme. Dans les vitres à moitié givrées, le soir naissait en contrepoint des fleurs de glace. J'ai pensé aux vitres peintes en noir du pauvre hère. Hyacinthe est revenu et a préparé du café dans une vieille cafetière à espresso ventrue, sans parler, ce mondain qui trouve toujours quelque chose à dire en société. Puis, pendant que je me réchauffais les mains sur la tasse :

— Il faudrait faire attention, j'aimerais que la petite dorme. Elle a besoin de repos, ses nuits ont été chamboulées pendant deux mois.

— Je sais, les miennes aussi.

— Je regrette.

— Ce n'est pas de ta faute.

— On se sent toujours en faute, a-t-il répondu en haussant les épaules. Mab m'a dit que tu avais trouvé du courrier de ton prédécesseur ?

— Oh, ça !

J'aurais voulu me taire. C'était plus fort que moi.

— Il s'appelait comment ?

— Je ne me rappelle pas... C'était un gars que j'ai vaguement connu à l'école. À l'école de réforme, a-t-il ajouté à contrecœur, pour couper court à mes questions.

— Tu as retrouvé ton passeport ?

— Non, tabarnac. Je suis allé au bureau des passeports en jouant l'innocent qui l'avait perdu et j'en ai demandé un autre.

— Mais tu es innocent. Ton passeport a été perdu, non ?

Il a ricané doucement, avec résignation, m'a-t-il semblé.

— Je n'arriverai jamais à me sentir innocent.

Mab est arrivée juste à ce moment-là. Elle s'est versé une tasse et Hyacinthe s'est éclipsé. Quand je lui ai demandé le nom d'un avorteur, elle m'a serrée dans ses bras. L'infirmière qui dépannait beaucoup dans son entourage vient de déménager. Elle m'a refilé le numéro du Centre de planning familial, un endroit où l'on dirige vers de vrais médecins, sans toutefois simplifier l'accès aux hôpitaux, toujours compliqué.

— Ce n'est pas plus légal pour autant, tiens-toi-le pour dit. Ils te questionneront, mais ils vont t'aider.

— Ils voudront savoir quoi ?

— Si tu as réfléchi aux conséquences, si tu sais que c'est illégal, si tu reçois de l'aide, si le père est au courant, si tu reviendras pour une consultation sur les méthodes contraceptives... le baratin des travailleuses sociales. C'est supportable.

— L'avortement se passe où ?

— Dans le bureau du médecin, la plupart du temps. C'est toujours préférable, en tout cas.

— J'aimerais mieux trouver un médecin toute seule.

— Pourquoi ?

— Je ne veux pas répondre à des questions.

Mab m'a regardée et elle n'a rien demandé. Hyacinthe, consulté, m'a remis une adresse et un numéro de téléphone :

— C'est un médecin. Il n'a pas inventé la compassion,

mais il est compétent. Tu lui téléphones, tu lui demandes un rendez-vous pour une interruption. Retiens le mot, c'est son code, autrement il te raccrochera au nez. Il ne te demandera pas qui t'envoie et tu ne donnes jamais mon nom, compris ?

— Ça va coûter combien ?

— Trois cents dollars.

— Quoi ?

— C'est le prix. S'il te demande plus, tu marchandes. Il s'en trouve de moins chers, ce sont des charlatans.

En me reconduisant à la porte, Mab m'a glissé :

— À ce prix-là, demande une prescription d'antibiotiques, tu en auras besoin de toute façon.

Il m'en faudrait déjà, je brûle de fièvre.

8 février

Dans la nuit, le Détail est revenu :

— S'il vous plaît, je sais que vous ne dormez pas, votre cœur bat trop fort pour ça, faites de la lumière.

Il avait une petite voix assez charmeuse, j'ai allumé.

— Là, nous nous voyons mieux, a-t-il dit en se roulant en boule au pied de mon lit.

— Je ne crois pas ce que je vois.

— Vous finirez par y croire.

Je n'ai pas eu à lui apprendre la découverte de l'Amérique. Né vers 1490, il était très au courant. D'ailleurs, il ne s'intéressait ni au temps ni à l'espace et n'était curieux que des êtres. Il paraît que je fais un bruit impossible, que mon cœur s'agite follement, que mes entrailles travaillent jour et nuit, que le fracas de ma pensée l'a sorti du sommeil, que je suis pleine à tous les étages et, pour reprendre son mot, « prégnante », c'est-à-dire imprégnée, c'est-à-dire fécondée. Je lui ai promis que bientôt il dormirait de nouveau, que je redeviendrais un corps paisible et creux.

— Et vous ne risquez pas le bûcher pour ça ?

— Non, mais ça peut quand même chauffer.

— C'est donc toujours un crime ?

Il est resté muet un moment, les oreilles dressées.

— Approchez, ai-je dit en lui tendant la main.

— Pourquoi ?

— Je voudrais vous toucher, pour être sûre que vous êtes là.

— Je ne vous le conseille pas. Le pauvre hère m'a donné la chasse, une fois. Il a voulu me tenir, et mes aiguilles l'ont piqué partout sur les bras et les jambes. Comme il était déjà couvert de marques, ce n'était pas très beau.

— Il vous a vu ?

— Presque pas. Il n'avait plus ses yeux pour voir. Son corps brûlait de l'intérieur.

— Comment s'appelait-il ?

— Vous ne le savez pas ? Alors, si je vous révèle son nom, je ne pourrai pas être une créature de votre esprit, n'est-ce pas ? Si je vous apprends ce détail que vous ignorez ?

Il a ri de contentement, comme un enfant de cinq siècles :

— Il s'appelait Robert Cervier.

Je me suis réveillée à l'aube. Ma fièvre était tombée.

9 février

J'ai fini par rejoindre le propriétaire dans l'après-midi. Quand je lui ai demandé le nom de son ancien locataire, il est devenu méfiant : « Pourquoi vous voulez savoir ça ? » J'ai donné une excuse bidon de courrier arrivé chez moi, adressé à Robert Cervier. « C'était bien son nom, mais je doute que vous puissiez faire suivre son courrier en enfer. » Il a raccroché.

Puis j'ai composé un autre numéro et j'ai dit à la voix au bout du fil que je voulais une interruption. On m'a demandé : « Combien de retard ? » J'ai répondu un mois environ. On m'a dit : « Trois cents, samedi soir, sept heures et demie, à l'adresse que vous avez déjà. »

J'ai voulu appeler mon père : personne ne répondait à la maison. J'ai fini par tomber sur un stagiaire qui s'est installé dans l'atelier avec sa permission. Le patron est parti depuis trois jours. D'après le message transmis par le stagiaire, je n'ai qu'à passer à ma banque pour de l'argent frais, c'est arrangé. J'espère que papa a pensé aux dépenses imprévues.

Chapitre 7

— Je voudrais retrouver Marie-Adèle Baron.

— Une amie de Marcelle, je me trompe ?

Daniel Sanche fumait un Monte-Cristo. Il habitait à trois coins de rue de son associé, sur la rive du lac, un bungalow des années cinquante qui prenait toute la largeur du terrain. Il était devant son garage quand je suis arrivé ; je n'ai même pas pris le temps d'être poli, je lui ai lancé cette phrase en claquant la portière. Il a souri après avoir expiré une volute de fumée parfumée :

— Ma belle-mère nous visite, alors je fumais dehors en vous attendant. Quelle pitié, n'est-ce pas ? Vous êtes sûrement un non-fumeur, bâti comme vous l'êtes... Moi, avec mon poids, on me promet la crise cardiaque depuis dix ans. J'ai lâché la cigarette, mais les havanes, jamais ! Vous êtes pressé, peut-être ?

— Non.

— Tant mieux.

Il a longé sa maison jusqu'à la cour par un petit sentier dissimulé par une haie. Tout le terrain se trouvait à l'arrière, face au lac et au ciel, avec une piscine à moitié vide et couverte de feuilles mortes, et une jetée de béton où sc balançait un hors-bord d'aluminium. Il a embarqué et m'a fait signe de le suivre. Le vent se levait sous des nuages lourds.

— Je dois fermer le chalet pour l'hiver.

— Ah ?

— C'est tout près, juste en face. Vous voyez la petite île ?

Je l'ai suivi, il a lancé le moteur et nous sommes partis. Le bruit couvrait tout. Nous sommes restés côte à côte sans nous regarder, le temps de franchir une dizaine d'encablures et d'accoster. Il portait une épaisse chemise de chasse et des bottes, je frissonnais dans un veston de citadin.

Le chalet était une maison de bardeaux à la longue véranda couverte et vitrée. L'île en elle-même avait une superficie de moins d'un kilomètre carré, parsemée de quelques bosquets et de quatre ou cinq arbres adultes, de grands feuillus aux troncs rugueux dont les feuilles mortes tournoyaient au ras du sol, de petites feuilles rêches au toucher, inégales à leur base, une espèce que j'ai eu du mal à identifier. Je me suis approché des troncs et j'y ai passé la main. J'ai regardé les feuilles encore aux branches, la hauteur des arbres, le branchage courbe et gracieux : c'étaient des ormes. De grands ormes d'Amérique. L'île de Daniel Sanche, sur le lac des Deux-Montagnes, tout près de la rive, portait des ormes adultes et en pleine santé.

L'orme est pratiquement disparu maintenant, décimé par la maladie hollandaise de l'orme, observée en Hollande dès 1919 et qui a essaimé jusqu'au Québec vers 1944. L'orme était un très bon bois de charpente, semblable à l'érable, à ce qu'on m'avait dit du moins, car bien sûr, je n'avais jamais travaillé de l'orme. J'en voyais un pour la première fois.

— Vous regardez mes arbres avec des yeux en forme de rabot. Je ne sais pas si ça me rassure, a fait la voix de Sanche dans mon dos. Ils sont beaux, hein ?

— Ce sont des ormes ?

— Oui. À mon avis, le plus gros, là-bas, est centenaire.

— C'est fantastique.

— Moi, ça me fait rire. Des biologistes de l'arboretum Morgan viennent une fois par année pour bouturer, tenter des greffes, des trucs, je ne sais pas trop. Ils n'ont que ce mot à la bouche : « Fantastique, fantastique. » Mais hors d'ici, rien ne prend, les greffons meurent, les boutures sèchent. Il n'y a que sur cette île que des ormes peuvent échapper au *Ceratocystis*.

— Le quoi ?

— Le champignon de la maladie. De *kerastês*, corne en grec. J'ai eu des Européens, il y a deux ans. Eux l'appellent le *Graphium ulmi*. Sais-tu ce que le mot signifie ? *Graphium* : stylet, poinçon pour écrire. Donner ces noms à un tueur d'arbre est assez ironique, tu ne trouves pas ?

Il a commencé par refermer les persiennes de la véranda à l'aide de loquets métalliques, puis il a poussé la porte. Nous sommes entrés dans une grande salle de séjour, cuisine, salon et salle à manger tout à la fois, dont les vastes fenêtres donnaient sur le lac. On devinait les chambres derrière deux portes closes. Le mobilier était rescapé de brocantes de toutes les époques, si disparate que ça devenait un style. Une affiche d'Ernesto Che Guevara voisinait avec un calendrier de Thérèse de l'Enfant-Jésus, daté de 1955. Ce qui devait s'appeler la porte arrière — alors qu'en fait, elle donnait sur un paysage en tous points semblable à l'avant : une rive et des habitations — était ornée d'un rideau de perles de bois. J'y ai passé les doigts, pour entendre le bruit.

— C'est un vrai, a dit Sanche qui avait suivi mon geste. Fabriqué à Marseille. Une merveille en été : ça coupe la chaleur en laissant la maison respirer.

— L'été, ça doit beaucoup servir.

— J'aurais dû te prêter un manteau, tu as l'air transi.

— Ça va. C'est agréable, chez vous.

— Les gens d'ici l'appellent encore l'île Quirion. Alain me l'a vendue pour une bouchée de pain à la fin de mes études. Je la voulais depuis toujours. C'était mon rêve, avoir une île.

Au loin, on voyait sa maison, des lumières y brillaient déjà. Il a allumé une torche électrique. Nous nous sommes trouvés bizarrement dans une sorte de lumière jaune, alors que l'eau et le ciel au-dehors devenaient gris fer.

— Il ne pleuvra pas, si jamais ça vous inquiète, le vent vient du sud-ouest. Je t'offre un remontant ?

D'un vieux cabinet à gramophone, il a sorti une bouteille de rhum cubain et deux verres dépareillés.

— C'est calme, hein ? a-t-il fait en me tendant mon verre.

Il avait la figure ronde et le sourire trop égal. Je me suis senti très seul.

— On est mieux que dans mon bureau, en tout cas. Les enfants font le diable à quatre et mon petit dernier relève d'une rougeole épouvantable.

Je n'ai rien répondu.

— Bon, d'accord. Tu m'intrigues, j'ai voulu t'amener sur mon terrain pour te secouer un peu, pour savoir qui tu es. Tu peux me tutoyer, ajouta-t-il sans transition. Comme ça, tu cherches la reine Mab ?

— Oui.

— Alors, tu lis le journal. Tu l'as lu en entier ?

— Pas encore.

— Moi non plus, je ne suis pas arrivé à le lire d'une traite. J'y ai mis le temps.

Il a croisé les bras en baissant le nez, mais pas les yeux, un geste qu'il devait faire en plaidant. Je me suis aperçu tout à coup qu'il souriait beaucoup dans la vie en voyant qu'il ne souriait plus. C'était quand même un petit gros moustachu au souffle un peu court ; si j'avais voulu, j'aurais pu l'assommer d'une paire de claques. Si nous avions été dans son bureau, ou simplement sur le continent, je l'aurais peut-être fait. Il attendait que je me décide. J'ai calé mon verre et je le lui ai tendu. Il l'a rempli :

— C'était le choix d'Alain de ne pas lire le journal de Marcelle. Moi, j'ai choisi le contraire.

— Alors vous savez qu'elle voyait un monstre ?

— Oui.

— Est-ce qu'elle était folle ?

— Marcelle était franche comme l'or et saine comme l'œil. Pour moi, ce monstre a existé.

— Vous y croyez ?

— J'ai pour principe de croire ceux qui n'ont rien à perdre. Tu devrais voir ma clientèle.

— Elle ne vous réussit pas si mal.

— La maison me vient de mon père, la piscine a été payée par ma femme. J'arrive à payer les taxes.

Le soleil a fait irruption entre deux nuages, sur l'horizon, presque à fleur d'eau ; le ciel a scintillé, le lac s'est pailleté d'or blanc. Je me suis mis à pleurer.

Je crois que Sanche ne l'avait pas vu venir ni moi non plus, d'ailleurs. Je ne sais pas ce qui m'a pris, si c'est à cause du rideau de bois, du froid, de cette pièce remplie de toutes sortes de vies ou de cette île, si lointaine, si proche. Je ne sais pas sur quoi je pleurais, si c'était sur cette fille sans recours qui parlait à une chimère sans nom, ou sur le docteur Deslauriers, qui connaissait sa cousine plus qu'il ne me l'avait laissé croire, ou sur le pauvre hère, qui attendait peut-être son courrier en enfer.

Plus je pleurais, moins je pouvais m'arrêter. J'ai été secoué de hoquets, j'ai morvé comme un enfant ; quand je me suis arrêté, j'étais tari. Sanche m'attendait, les bras ballants, sans effets de manche, sa faconde disparue, le visage grave. J'ai tout de suite pu me le représenter à vingt ans, à cinq ans, à cent ans.

— Ça ne peut pas être si grave, mon petit graphium, a-t-il dit sur le souffle. Tu n'as quand même tué personne, hein ?

— Oui. C'est mon métier, je tue des gens et je suis payé pour ça.

Sa réponse a fusé à la seconde :

— Je ne te crois pas.

Cet homme-là peut croire à un monstre qu'il n'a jamais vu et ne verra jamais, mais il ne croit pas à un tueur qui se tient devant lui. Tant pis.

Il a dû mettre deux ou trois secondes à se rendre compte que je me taisais.

— J'ai pour principe de croire ceux qui n'ont rien à perdre. Toi, tu as tout à gagner. Le jour où tu auras perdu, reviens me voir, sait-on jamais ? Je te trouverai peut-être une tête d'assassin... Marie-Adèle Baron est associée chez Stocker, Malenfant, Dumais. Ils ont leurs bureaux dans le centre-ville, rue Sherbrooke Ouest. Côté pair, entre l'Université McGill et le Musée des beaux-arts, un joli quartier.

Il a apporté cette précision avec un sourire de malice, avant d'enchaîner :

— Oui, elle a abandonné le métier de comédienne. Elle a fait son barreau et elle est devenue avocate, en revenant à Montréal.

— En revenant ?

— Elle et son mari ont séjourné au Chili, jusqu'au coup de la junte.

— Et Hyacinthe Roy ?

— Lui, ce pelleteur de nuages... je ne sais pas. Il a disparu.

* * *

— Il faudra que tu lises ce cahier jusqu'au bout, je suppose, m'a dit Sanche à mon départ, dans la nuit noire. Il ne t'apportera pas ce que tu cherches, parce qu'il contient une histoire sans fin. C'est la mort de Marcelle qui était la fin, et elle ne pouvait pas l'écrire.

* * *

À mon retour, j'ai passé toute une journée à écrire une lettre à Mab. Je l'ai faite courte, me nommant, me décrivant brièvement, lui demandant un rendez-vous. La réponse, sur du papier à en-tête de Stocker, Malenfant, Dumais, filiales à Calgary, Bruxelles et Londres, est arrivée la semaine suivante, dans mon casier personnel, au bureau de poste.

MARIE-ADÈLE BARON

Très touchée de votre lettre, ne veut cependant pas vous voir. Cette époque de sa vie est révolue. Votre mère est au cœur de sa mémoire de façon trop douloureuse pour qu'elle puisse l'évoquer avec qui que ce soit. Elle se réjouit de vous savoir en bonne santé et vous souhaite la meilleure des chances.

Elle avait apposé un paraphe où seules les lettres M A B se distinguaient d'un fouillis sismographique.

La reine Mab parlait d'elle à la troisième personne, comme les politiciens débutants, les chanteurs du Top Ten ou les joueurs de hockey sur le point de changer d'équipe.

La nuit même, je me réveillais étouffé par la fumée la plus noire. La plus invisible, aussi, dès que j'ai ouvert les yeux.

* * *

— Je ne voudrais pas me montrer sordidement obsédé par le respect de mon bail, mais tu m'as promis des rénovations.

— Tu veux quoi ? Un jacuzzi, une cuisine en mélamine, un puits de lumière, une terrasse sur le toit ?

— Quel bon propriétaire !

Nicolas et moi, nous buvions une bière dans un restaurant, boulevard Saint-Laurent. La première neige qui allait rester tombait sans se presser, duveteuse, alanguie.

Nicolas m'a montré le mur latéral de l'immeuble d'en face, au-dessus d'un parking, qui s'ornait d'une réclame écaillée, en grosses lettres pâles sur fond noir : « Cosmatos Tailoring ». Le reste était illisible.

— Ce sont mes racines, ça. Le *tailor* était mon arrière-grand-père, très adroit dans la jaquette pour dames. Il a monté son affaire en habillant toutes les élégantes du Golden Square Mile. Son père était arrivé du Pirée. Il vendait du pain, un peu plus bas, au coin de la rue Ontario. La famille a remonté tranquillement tout le boulevard vers le nord, de génération en génération, jusqu'à ce que mon père émigre à Laval-sur-le-Lac, pour fraiser des molaires. Je me demande si, au fond, ce n'est pas lui qui a accompli le plus grand voyage. Quand je vais chez mes parents, je me sens sur une autre planète, je te jure. Encore une bière ?

— Non, merci.

— Il paraît qu'ils veulent couvrir le symbole de mes origines en terre d'Amérique avec une murale thématique, la fusée de Tintin sur fond d'étoiles, tu vois le genre ? Ça m'écœure.

— Tires-en une photo.

— C'est une idée.

— Qu'est-ce que tu veux, comme rénovations ?

— Rassure-toi, presque rien. Au deuxième, il y a deux petites pièces qui ne me servent pas. La cloison ne touche pas au mur porteur, j'ai vérifié. Si on pouvait l'abattre, je pourrais agrandir mon studio. Ça n'enlèverait rien au logement, selon moi.

— Oui, d'accord.

— Ça le rendrait plus attrayant. Ça donnerait une sorte de semi-loft, sur toute la longueur de l'étage.

— J'ai dit d'accord.

Il s'est interrompu, médusé :

— Tu le ferais quand ?

— Je ne sais pas. Après Noël, mais avant Pâques.

— Pour la peine, si tu veux, je vais t'aider à te construire une bibliothèque.

Le gros Nicolas éprouvait régulièrement le besoin d'agir pour mon bien. La bibliothèque, c'était du nouveau.

— Pourquoi ? Je n'en ai pas besoin.

— Moi, je pense le contraire. Tes livres traînent partout.

— Je n'ai pas de livres.

— Si tu les rassemblais, tu finirais par te rendre compte que tu en as. Il n'y a même que ça, chez toi, ou presque. Tu sais que pour un ébéniste, tu n'es pas pressé de te servir ?

* * *

Quand c'est Noël, je suis seul. Je passe une commande dispendieuse à un traiteur, de quoi manger pendant une semaine, j'achète du pouilly fumé ou un bourgogne aligoté, rien de trop cher, mais buvable. J'achète aussi un puzzle de deux mille à cinq mille pièces, je m'installe par terre ou sur ma table, selon la grandeur du résultat final. Je ne réponds à aucun téléphone, à aucune sonnerie, à aucun signe, à rien.

Cette année, je m'absorbe dans une vue du Grand Canyon ; avec un peu de chance, je pourrai m'y perdre. Je ne mets jamais de musique, encore moins la télé ou la radio, et je ne sors sous aucun prétexte. J'emboîte les petites pièces les unes dans les autres et quand j'aurai fini, bien fini, j'écarterai les bras, je les resserrerai sur l'image, elle craquellera, se fendra de partout, s'engloutira dans un sac-poubelle et Noël sera passé.

Quand je ne suis pas occupé à bâfrer, à boire ou à emboîter, je fais le compte du temps qu'il me reste, je pense à la fin de mon contrat. Je revois les détails volés dans la lunette du fusil, les regards, les figures, une main, un morceau d'étoffe ou un bijou qui se trouvaient là au moment où j'ai tiré, et surtout les bouches, toutes les bouches sans exception, si tordues par le dernier soupir. Dès la première balle, je ne vois que la mort dans ma lunette, tout ce qui est vivant s'enfuit à une vitesse folle, j'ai toute la place pour achever si besoin est.

Il est dit que Jacqueline Kennedy est restée sept secondes auprès de son mari atteint, dont la cervelle se répandait sur la banquette, avant d'avoir le réflexe de grimper sur le coffre de la voiture. Ce chiffre est attesté par la Commission Warren et par le film d'un amateur, Abraham Zapruder, pris sur le vif. Cette femme bat tous les records de ma connaissance en matière de courage dans la fuite.

Je n'ose pas appeler ces gens « mes morts ». Je n'ai fait que leur voler leur vie. Pourtant, par un lien que je ne comprends pas, ils sont dans ma mémoire et je ne crois pas qu'ils en sortiront jamais.

Ils seraient morts de toute façon, tués par un autre, là-dessus je n'ai aucun doute. Mais c'est moi qui les ai mouchés comme des chandelles, presque sans coup férir. Je ne pense pas en éprouver de la honte ou du remords. Seulement, je me souviens. À Noël, pendant que je reconstitue le lac Louise ou le château d'Azay-le-Rideau ou le Parthénon, je vois leurs bouches qui prononcent un mot ultime et secret, le même dans toutes les langues, et qui ressemble à mort, *murder*, *muerte*, *tot*...

Chaque fois, je me répète qu'au moins, je n'ai jamais eu à travailler en commando, enfin pas jusqu'à maintenant. Les commandos massacrent, ils ne font pas dans le détail. Je peux vivre avec les détails de la mort, mais je ne pourrais pas supporter une vue d'ensemble.

Et puis Noël s'en va.

* * *

J'avais commencé par entailler le plâtre à l'arête du plafond avec un marteau et un couteau de maçon. Les lattes se soulevaient d'une simple pression de tournevis, même pas besoin de la barre de fer comme levier. Nicolas achevait, avec Marine, d'entasser tout son matériel et de le protéger sous des bâches. J'ai arraché le plâtre par petits morceaux sur une hauteur de trente centimètres, de chaque côté de la cloison, pour préserver le plafond des coups de masse.

— Tu crois que ça prendra du temps ?

Nicolas semblait moins sûr, tout à coup.

— Cinq minutes de défoulement, pas plus. Tu le veux, ton studio, oui ou non ?

Nous nous y sommes mis à trois, le visage couvert par des foulards et les yeux protégés. À francs coups de masse, une vraie partie de plaisir. Le tout a été fini en moins de cinq minutes. Il ne restait plus qu'à soulever la plinthe de bois, assez haute, à l'ancienne. Au premier coup de barre, elle a éclaté en deux morceaux nets, elle tenait à peine au plâtre et pas du tout au plancher. Des objets hétéroclites sont venus au jour : un paquet de cigarettes, des billes, des épingles à cheveux, de la menue monnaie, un crayon, éparpillés tout au long du mur.

Les maisons du Plateau Mont-Royal sont bâties sur un sol argileux. Avec le temps, elles travaillent du solage au faîte et des creux se forment parfois sous les plinthes. Marine venait de ramasser un petit tas métallique et un carnet plat :

— Ça doit être là depuis des années.

Elle a montré sur ses doigts écartés un collier de turquoises à la chaîne oxydée. Elle m'a tendu une agate montée sur un anneau noirci et le carnet, qui était en fait un passeport. Un passeport canadien expirant en 1971, encore lisible, dont le détenteur s'appelait Hyacinthe Roy. Sa photo ne démentait pas le journal de Marcelle : cet homme avait la figure d'un ange exterminateur.

Je me suis appuyé sur Marine sans y penser. Elle a tressauté, mais ne s'est pas dégagée. Sous le tissu rêche, la rondeur de son épaule était toujours aussi familière, comme si je n'avais jamais cessé de la toucher. Par la fenêtre, un rai de lumière nimbait le dernier nuage de poussière. J'étais dans la maison de la reine Mab.

— Ce n'est pas tout, a fait la voix de Nicolas, très lointaine à mon oreille.

Marine m'a serré la taille et je me suis retourné. Nicolas étalait par terre des billets de banque, qu'il prenait dans une mince pile au creux de sa main, des dollars canadiens lisses comme des coupures neuves, qui devaient dater d'au moins vingt ans, eux aussi, à en juger par le faciès qui les ornait, celui de la gracieuse Élizabeth II en son jeune temps, souveraine d'Angleterre.

— Cent fois cent, a compté Nicolas. Il y en a pour dix mille.

— Dix mille !

— Dix mille dollars d'il y a... quoi ? Vingt ans ? En dollars absolus et en pensant au pouvoir d'achat de l'époque, celui qui les a perdus a dû pleurer les larmes de son corps.

Oui. Et il a battu sa femme par-dessus le marché. Mais je ne l'ai pas dit. J'étais déjà en train de comprendre que si mes locataires occupaient le logement de Marie-Adèle Baron et Hyacinthe Roy, moi, je vivais dans celui de Marcelle Deslauriers. Une belle blonde qui parlait à un monstre, la nuit, dans sa chambre. C'est-à-dire ma chambre. J'avais acheté la maison où ma mère avait vécu, juste avant sa mort.

Elle était devenue ma mère, depuis une seconde.

— C'est la poussière qui te fait pleurer ? m'a demandé Nicolas.

— Tu as le visage sale, m'a dit Marine. Voudrais-tu te laver ?

* * *

Nicolas et Marine m'ont gardé pour la nuit, sans me poser de questions et en m'offrant de partager leur repas. Marine est sortie dès le début de la soirée ; je suis resté avec Nicolas devant la télé, une énorme chose cathodique avec un écran à haute résolution. Nicolas souffre de téléphagie, sans honte et même avec délices. Ce soir-là, les Canadiens perdaient aux mains des Flyers ; à la deuxième période, le carnage avait perdu tout intérêt.

— C'est la grève du hockey, a déclaré Nicolas. Ça les a empâtés, ils ne veulent plus jouer. Et puis, l'entraîneur ne leur fait plus peur. Moi, tant qu'à voir ça, j'aimerais autant un match de curling. Ma mère y joue, dans une équipe de dames, à Beaconsfield. Ça te plairait qu'on y aille ?

Juste avant d'aller se coucher, il m'a entraîné devant sa table lumineuse avec un des billets de Hyacinthe Roy :

— C'est un numismate que je connais qui m'a parlé de ce truc. Regarde bien.

Il a approché une loupe de la figure de Sa Gracieuse Majesté.

— Qu'est-ce que tu vois dans ses cheveux ?

Je ne voyais rien.

— Regarde bien. Les boucles de la permanente forment un dessin. Du subliminal sublimement involontaire.

Cela s'est précisé petit à petit : c'était une figure de démon, grimaçante à souhait, parfaite de la naissance des cornes au menton en pointe.

— Capoté, hein ? Dans les années soixante, les gens en faisaient des blagues, il a fallu refaire le dessin. Les coupures les plus courantes ont été retirées peu à peu de la circulation et remplacées. Les gros billets, qui circulaient moins, sont restés tels quels, porteurs du diable.

J'ai pris le passeport de Hyacinthe Roy, j'ai déposé la page de la photo en transparence et j'y ai collé la loupe.

— Qu'est-ce que tu vois ? ai-je demandé.

Nicolas est resté sans voix, l'œil rivé à la lentille, fasciné, et m'a laissé regarder à mon tour. Je voyais enfin le blond mari de la reine Mab, le repris de justice, jamais à court de bonnes adresses ni de connaissances, et si étrangement pourvu et dépourvu d'argent, sans raison apparente.

— Jésus ! a fait la voix de Nicolas dans mon dos. La haine de ce visage ! Et la colère de ces yeux ! Toute sa beauté suffit à peine à les cacher. Tu veux savoir ce que je vois ? Je vois un homme qui s'est fait voler sa dernière chance.

Moi, je voyais surtout un indicateur de police. Mais j'ai gardé ça pour moi.

* * *

Marine est rentrée vers deux heures du matin, les lèvres sèches et déteintes, avec son odeur de santal flottant autour d'elle. Elle était allée danser. Quand elle m'a vu, elle n'a pas cessé de sourire, elle s'est assise en face de moi, sur l'ottomane de cuir, dans le salon éclairé par une faible lampe. Je ne dormais pas et ne voulais pas dormir. Je ne croyais pas qu'elle me rejoindrait. Apparemment, elle ne boudait plus.

— Tu ne dors pas, mon propriétaire ?

— Comment tu m'as appelé ?

— Si je ne peux plus t'appeler mon amour, il faut bien que je m'accroche aux faits.

Je préférais, et de loin, l'époque où elle me battait froid. Si elle arrêtait de me redouter, je devrais cesser de la désirer et ça me semblait au-dessus de mes forces. Elle a senti son chandail :

— J'espère que je ne sens pas la fumée. Ça t'incommode toujours autant ?

— Je ne veux pas te voir, Marine.

— Tu ne me verras pas.

Elle a fait pivoter mon fauteuil d'un geste énergique :

— Je ne sais pas de quoi tu as peur, mais ce n'est pas de moi.

— J'ai peur du feu, Marine, c'est normal.

— Tu ne faisais pas une tête normale, quand tu as sonné ici au beau milieu de la nuit, mon amour. Tu avais l'air d'un brûlé vif.

— Tiens donc.

J'ai été content qu'elle ne me voie pas, mes yeux piquaient.

— Si tu me parles de ta fumée, je te laisserai tranquille, a-t-elle repris.

— Il n'y a rien à dire.

— Ça reste à voir.

— Il n'y a rien à voir.

— Ça reste à dire.

Pourquoi pas, au fond ?

— Donc, tu rêves de fumée. C'est un rêve qui se répète ?

— Oui.

— À quelle occasion ? Quand tu es fatigué, angoissé, heureux, en attente ?

— Tout le temps. Enfin, sporadiquement, mais sans raison.

— Qu'est-ce que tu vois ?
— Rien.
— Rien du tout ?
— Je suffoque et je sens, c'est tout.
— Comment sais-tu, alors, que c'est de la fumée ?
— Je reconnais l'odeur.
— L'odeur de fumée ?
— Oui.
— Quelle fumée ? Du bois, du charbon, des pneus ?
— Non. Plus âcre, plus verte.
— Verte ?
— Comme de l'herbe qui brûle. Du gazon, de la végétation.
— Une forêt ?
— Non, il n'y a pas de bois, que du vert. Des feuilles.
— Des feuilles.
— Je crois que c'est un feu de feuilles.
— Tu fais brûler des feuilles ?
— Non, pas ici. La cour n'a pas d'arbres.
— Ailleurs ?
— Non plus, je n'ai pas d'autre maison.
— C'est pourtant l'odeur d'un feu de feuilles.
— Je la respire maintenant.
— À part les feuilles, tu sens autre chose ?
— La terre humide, l'air frais, un peu chargé.
— Chargé ?
— De mousse, d'algues, d'essence.
— D'essence ?
— C'était près d'un lac, à Dorion, cet automne.
— Ah ? Tu y étais ?
— Oui. J'étais chez Sanche et Quirion, les avocats qui règlent la succession de ma mère.
— Ta mère ?
— Ma mère biologique, oui.
— Ah ! Et cet automne, tu es allé à Dorion ?
— Oui.
— Et tu as respiré l'odeur d'un feu de feuilles.

— Oui, au moment de mon départ.

— Rappelle-toi.

— Je ne fais que ça.

— Rappelle-toi bien. Au moment où tu respirais cette odeur, que voyais-tu ?

— Sanche et Quirion. Un petit gros et un grand maigre. Ils me parlaient de ma mère.

— Ils disaient quoi ?

— Qu'ils étaient les seuls à se souvenir d'elle.

— Et puis ?

— Que je pouvais les appeler quand je voudrais.

— Et puis ?

— Et puis rien.

— Rien ?

— Rien.

— Mais encore, au moment où tu as senti la fumée, essaie de te souvenir.

— Sanche venait d'arriver. Il s'est excusé de ne pas avoir pu se libérer plus tôt.

— Il a dit quoi ?

— Il a dit : « J'avais une fête de famille. Mes quatre enfants sont tous nés entre le 25 septembre et le 1er octobre, je les ai tous conçus à Noël ! » Et il s'est trouvé drôle.

— Mais toi, tu pleures.

— Oui.

— Pourquoi ?

— Parce que je suis né le 1er octobre.

— Et alors ?

— J'ai été conçu à Noël.

— C'est probable.

— Dans le journal de ma mère, il est écrit qu'à Noël, elle était seule avec son père, dans une auto, au milieu d'un champ, en face d'une maison glacée. Son père lui disait : « Parfois, je te regarde et c'est comme si tu n'étais jamais née, comme si ce n'était pas moi... »

— Et puis ?

— Il n'y a rien d'autre pour ce jour-là.

— Et qu'est-ce que tu crois ?

— Que j'ai été conçu un matin de Noël, sur la banquette d'une automobile, par un homme et une femme qui étaient le père et la fille.

— Que dit le journal, ensuite ?

— Son père part en voyage sans la revoir. J'en suis au moment où elle cherche un avorteur.

— Qu'est-ce qu'elle écrit à propos de son père ?

— Rien jusqu'à maintenant. Et il n'y a pas d'autre homme dans sa vie.

— Il faut continuer à lire ce journal, mon amour. Je peux déjà te révéler un de ses secrets.

— Lequel ?

— Elle n'a pas eu d'avortement.

Quand j'ai fait pivoter le fauteuil, Marine était partie. Ses souliers à talons hauts reposaient sur le tapis.

Chapitre 8
Février 1971

Je marchais avec peine parce que je me trouvais dans une ruelle et qu'une vague de froid avait figé la neige mouillée pour en faire des ornières de glace au dessin imprévisible dans l'obscurité. Les bâtiments m'ont semblé très hauts, bien plus que les trois étages qui composaient leurs façades. Il fallait que je retrouve l'adresse. Sans numéro, c'était difficile. J'avais compté les bâtisses du pâté de maison ; à l'arrière, mon compte s'avérait illusoire et aucun hangar à la porte ouverte ne m'attendait, contrairement à ce qu'on m'avait dit quand j'avais sonné à la porte de devant.

J'allais renoncer quand j'ai vu de la lumière par une fenêtre qui donnait directement sur la ruelle, de façon assez inusitée. Je me suis approchée et j'ai vu une famille : le père, la mère et une fillette, assis sur un divan, un peu ennuyés, un peu tristes, car le téléphone sonnait et ils ne voulaient pas y répondre. Le téléphone sonnait sans arrêt, il ne cesserait pas et je leur ai crié dans la nuit glacée, assez fort pour qu'ils m'entendent : « Répondez donc, puisque de toute façon, ça ne cessera pas ! Décrochez, raccrochez tout de suite et décrochez de nouveau, vous aurez la paix, vous verrez ! »

La fillette s'est levée. Elle a suivi mon conseil, décroché, raccroché, décroché. Le téléphone sonnait quand même. Et je me suis réveillée pour aller répondre. À ma montre, j'ai lu trois heures trente. Il faisait nuit noire. J'aurais voulu que ce soit mon père, c'était Alain Quirion.

— Garance ! Garance, viens me chercher, je vais mourir ici !

— Alain, tu es chez tes parents maintenant.

— Je ne connais pas d'Alain, cesse de me donner ce nom, Garance, et viens me sauver. Ils m'ont fait prisonnier.

— Va dormir, tu veux bien ? Tes parents vont se réveiller et ils seront très fâchés.

— Pourquoi ? Je n'ai pas de parents.

— S'il te plaît, raccroche.

— Garance, ne m'abandonne pas ! Ils disent que je suis fou. Je vois autre chose, c'est tout. J'entends le passage de la nuit au jour et du jour à la nuit. Est-ce assez pour décider que je suis fou ?

J'ai raccroché. C'est la deuxième fois qu'Alain m'appelle depuis qu'il est sorti de l'hôpital. Je n'ose pas me plaindre à sa famille, je ne voudrais pas lui nuire. La nuit prochaine, je décrocherai le récepteur avant d'aller au lit. Si mon père avait voulu m'appeler, ce serait fait, j'imagine.

J'ai allumé, je ne pouvais plus dormir. J'ai erré dans mes quatre pièces, sans autre but que de trouver le Détail. Je le vois et je l'entends, est-ce assez pour décider que je suis folle ?

« Je n'aime pas l'idée que vous vous faites de la folie », ai-je entendu dans mon dos.

Il se tenait sur mon unique fauteuil.

— La folie est le chemin que la voix de Dieu a trouvé vers les hommes.

— Dieu est mort, lui ai-je dit.

Toutes ses aiguilles se sont dressées :

— Dieu est mort ? Quand donc ?

— Je ne sais pas.

— Mais si Dieu est mort, qu'advient-il des fous ?

— Ils parlent tout seuls.

Je crois bien que cette fois, c'est moi qui lui ai fait peur.

— Pourquoi ne dormez-vous pas ? a-t-il demandé.

— J'attends quelqu'un, je crois.

— Qui ?

Je n'ai pas voulu répondre « Je ne sais pas », alors je me suis tue. Il a flairé ma main, il était doux au toucher, mais son museau était sec. Il est fait de fil de soie, si ma mémoire est bonne.

14 février, matin

Ce n'était pas une ruelle noire et glacée et l'adresse était la bonne, dans la partie est du boulevard Rosemont. Le médecin n'avait l'air de rien d'autre que d'un médecin, poli, correct. Quand j'ai sonné, il m'a fait entrer, m'a menée dans une petite salle. J'ai entendu qu'il reconduisait une autre femme, probablement venue là un samedi soir pour la même raison que moi. Elle était accompagnée, elle.

Je suis passée dans un bureau capitonné. Derrière un paravent, la lumière crue d'un néon ne cachait rien de la table à étriers. Le médecin m'a demandé l'argent et l'a compté, avant de le ranger dans un tiroir. J'ai ensuite répondu aux questions d'usage : pas d'allergies, pas de maladies, pas de médication ? Pas d'alcool, pas de drogues ? Aucun détail particulier ?

J'aurais voulu répliquer : « Oui, un Détail de la *Mort de saint Étienne*. » Mais nous n'étions pas là pour badiner. J'en étais maintenant à presque sept semaines, je le lui ai dit. Il pratiquait la méthode de la succion, la plus rapide et la plus indolore, selon lui. J'ai hoché la tête.

— Si vous êtes venue seule, je vous conseille un taxi pour le retour. Vous avez de l'argent ?

Et il m'a tendu un ballon de cognac, un grand ballon. Je l'ai réchauffé au creux de ma main sans que le médecin ajoute un mot. L'alcool a coulé dans ma gorge, le feu m'est monté aux joues.

— La première fois que j'ai bu du cognac, c'était à l'enterrement de ma mère.

Je ne comprends pas pourquoi j'ai dit ça. Le médecin, qui avait dû en voir d'autres, ne s'est pas laissé démonter :

— Et la dernière fois ?

— C'est maintenant.

— Vous pouvez garder vos vêtements du haut. Vous vous installez sur la table, les pieds dans les étriers. Vous essayez de vous détendre.

J'ai avalé une autre gorgée. Mes lèvres m'ont semblé très sèches, mes yeux aussi. Je me suis aperçue que je pensais à ma mère, la bouche et les yeux secs, sans amour ni haine. J'ai compris que mon père ne reviendrait jamais. J'ai entendu la voix d'Alain : « Garance, Garance... »

— Vous avez froid ? m'a demandé le médecin en voyant que je reboutonnais mon manteau. C'est qu'il ne faudrait pas perdre de temps.

Je lui ai expliqué que je n'étais pas sûre. Il m'a remis deux cents dollars en me disant que si je revenais, il en tiendrait compte.

J'ai marché sur le boulevard Rosemont, battu par les vents, inégalement éclairé par des lampadaires de hauteur variable. Je suis entrée dans un restaurant à la salle oblongue, avec un comptoir à tabourets et une rangée de banquettes. L'endroit était désert, sauf pour deux ivrognes qui suivaient le match de hockey sur la télé vissée au mur et une serveuse, qui m'a apporté un café. L'affiche clignotante se reflétait dans la vitrine : New Capri... New Capri... New Capri...

— Il y a un vieux Capri ? ai-je demandé à la serveuse.

— Oui, en Italie, m'a-t-elle répondu de son comptoir, en limant ses ongles.

Quand j'ai retourné mon napperon pour écrire, la serveuse m'en a offert d'autres.

— Je sais pas ce qu'ont les jeunes à gribouiller. Des soirs, je me pense au Café des artistes, moi... Si ça peut vous occuper, au fond... Tant que vous faites ça, vous vous tenez tranquilles, hein ?

Elle m'a apporté une pile de napperons et un verre de cognac. Je me suis efforcée de ne pas la dévisager, mais j'avais envie de la regarder. Sous le fond de teint épais, la joue restait ronde et la peau sans ciselures. Elle ne devait pas avoir vingt-cinq ans et elle me traitait de jeune. Ma mère disait que l'âge véritable se calcule à partir du premier chèque de paye.

La serveuse avait des yeux de biche peints au pochoir, parfaits, un fil qui partait de la racine du nez pour s'épaissir graduellement près des cils et se recourber en pointe près du coin de l'œil. Maman avait de ces pochoirs. Après l'Expo, ils sont devenus plus rares.

Je me suis mise à écrire sur les napperons. Quand j'ai relevé la tête, la sirène signalait la fin du match.

* * *

HISTOIRE DE MARGUERITE

Ma mère s'appelait Marguerite Prévost. Elle était née en 1935, en pleine crise économique. Son père, Joseph-Henri, était le fils cadet de Louis Prévost, Prévost Printing, comme ils le précisaient eux-mêmes, pour en rire au temps de leur richesse et ensuite par nostalgie, après leur ruine par le krach de 1929.

En partant d'une toute petite imprimerie familiale, Louis Prévost s'était montré un redoutable homme d'affaires et avait bâti sa fortune sans scrupules excessifs. Ses enfants, eux, jouaient au tennis.

Seul Joseph-Henri avait fait de vagues études à l'Université Laval de Montréal, dont les bâtiments brûlaient les uns après les autres, en ce temps-là, au point que les promotions 1923, 1924 et 1925 s'étaient vues privées de cérémonie de collation des grades. Joseph-Henri ne s'en souciait guère, il étudiait en dilettante ; il allait le regretter plus tard, car il ne put jamais prouver sa scolarité et trouver un poste en rapport avec ses compétences réelles.

La famille Prévost possédait un vaste manoir victorien, mâtiné de style Queen Anne, rue McEachran, en contrebas de la Côte Sainte-Catherine, à l'époque une charmante route de campagne au flanc du mont Royal, et privée, équipée d'un péage pour les non-résidants.

Le ver rongeait déjà le fruit, car ces grandes maisons, qui contenaient souvent quatre ou cinq familles à l'aise, avec leurs domestiques, n'étaient que le signe de l'incurie d'une génération, celle des enfants des premiers *self-made men* canadiens-français, qui n'allaient pas tarder à apprendre que la fortune se paye. Au Noël de 1929, un bon tiers du voisinage avait disparu sans laisser d'adresse. Joseph-Henri Prévost, pour sa part, rapatrié de Rome avec les dernières liquidités de la famille, installa sa femme et ses enfants dans un quatre-pièces au coin des rues Ontario et Papineau, le 30 décembre, en pleine tempête de neige, cela va de soi.

Marguerite, ma mère, n'avait aucun souvenir du temps de la splendeur, étant née bien après la déchéance, mais ses sœurs aînées ont toujours eu des larmes dans la voix pour évoquer leur dernier Noël « à la maison » et leur déménagement.

Louis Prévost, déshonoré par la ruine, avait mis fin à ses jours en se défenestrant, comme nombre de financiers malchanceux le firent en novembre 1929. Seulement, Montréal ne comptant guère d'édifices propres à assurer la mort du premier coup, il n'avait rien trouvé de mieux que le clocher de l'église Saint-Viateur d'Outremont, dont il possédait les clés, car il était marguillier de la fabrique. Ce suicide à l'ombre de la maison de Dieu fut étouffé à grand-peine, et les Prévost survivants y épuisèrent leurs dernières ressources de piston et de renvoi d'ascenseur, pour se retrouver doublement ruinés, sans argent et sans relations.

« Nous n'avions pas su être riches, nous n'avons pas davantage appris à être pauvres », concluait Marguerite. L'épouse de Joseph-Henri, une Beaulieu dit Montpellier, ne savait de la cuisine que l'art de composer un menu, du lavage que l'art de choisir un parfum et du ménage que l'art, difficile entre tous, de porter des gants de filoselle blanche pour repérer les traces de poussière laissées par les bonnes négligentes. Trente années de déménagements, de semi-privations, de factures non payées et de saisies évitées in extremis n'allaient rien lui apprendre de plus. Ses filles vivraient une enfance terne : mal nourries, mal vêtues, douteuses en propreté, bonnes dernières à l'école, quelle que soit l'école où elles atterrissaient en cours d'année pour repartir de plus belle au moment le plus imprévu.

En 1946, Joseph-Henri devint correcteur d'épreuves pour les bulletins paroissiaux, pieux, attentif à sa charge, chauve et voûté. Marguerite, déjà grande, faisait plus que ses onze ans et rêvait d'entrer dans une manufacture de gants après sa communion solennelle. L'aînée de la famille était mariée, la seconde allait suivre son exemple pour quitter au plus vite ce triste foyer, rempli de sarcasmes et de disputes conjugales, où l'ordinaire de toute la semaine se composait de galettes de sarrasin à la mélasse avec du thé noir. Joseph-Henri, fin lecteur de Victor Hugo, les avait surnommées Ponine et Zelma. Elles ne connaissaient aucune Italienne de ce nom dans la paroisse et ne s'en émurent jamais.

Ils demeuraient maintenant au troisième étage d'un immeuble récent et sans grâce, rue Saint-Hubert, près de la rue Ontario. Marguerite prit l'habitude de fréquenter une librairie voisine. Le libraire, qui se nommait Henri Tranquille, lui passait des livres et la laissait lire, accoudée au comptoir, aussi longtemps qu'elle le voulait.

« Je ne me mêlais pas à ceux qui fréquentaient la librairie. Je n'avais pas le même âge et nous n'étions pas du même monde. Ils n'étaient pas riches, pour la plupart, mais ils étaient instruits. » Marguerite se mit à porter un chignon, des jupes longues, à se vernir les ongles, à fumer et à parler un peu pointu, pas souvent, par peur du ridicule. Elle était sûrement la plus jeune cliente de la librairie : vieillie par ses salaires, si humbles qu'ils fussent, elle donnait le change et arrivait à se faire passer pour une dactylo de dix-huit ans. Elle lisait furieusement, toujours à la librairie, d'abord en fin d'après-midi entre deux commissions, puis le soir jusqu'à neuf heures, puis n'importe quand. Joseph-Henri et sa femme n'étaient pas de ces parents qui pouvaient exercer une quelconque autorité, trop occupés à se reprocher leur malheur l'un à l'autre.

Marguerite avait treize ans quand elle rencontra Guillaume Deslauriers, un étudiant de l'École du meuble, qui en avait vingt-deux et qui fréquentait Henri Tranquille, comme elle, sans faire de bruit, pour lire pendant que d'autres discutaient peinture et littérature, et André Breton, et surréalisme, et Borduas, et automatisme, et autre chose, une sorte de livre ou de manifeste, on ne savait trop, qui finit par paraître sous le titre de *Refus global*. Guillaume fit cadeau d'un de ses rares exemplaires à Marguerite.

À quatorze ans, elle était enceinte : « La tête du curé de Saint-Clet quand il a reçu mon extrait de naissance pour la publication des bans ! Et la tête de Guillaume ! Trop tard, il fallait empêcher le déshonneur et ton père n'a pas changé d'idée, il ne m'a pas abandonnée. Je me suis mariée dans son village, à la campagne, parce que mes parents m'avaient jetée dehors. Tout le monde pensait que notre mariage durerait six mois, ou un an, mais l'important était de donner un nom à l'enfant qui allait naître, c'est-à-dire toi. »

Le lendemain de son mariage, sans voyage de noces et en plein mois de juillet, Marguerite Prévost, devenue Deslauriers, ouvrait les yeux sur les vastes champs du rang Saint-Emmanuel, près du village de Saint-Clet, à l'aube. Cette année-là, on avait semé de l'avoine, la plus haute jamais vue, encore verte. Le vent y dessinait une houle ondoyante, les épis faisaient un fin bruit de ressac. Marguerite vit son mari, déjà aux champs avec son père et ses hommes engagés. Elle cria « Guillaume ! » sans raison, sûre qu'on ne l'entendrait pas. Guillaume, à plus de mille pieds, se retourna. Sur ces champs aussi plats que la main de Dieu, la voix portait comme sur l'eau. L'air était saturé d'un parfum de trèfle. Saint-Clet, dans le comté de Soulanges, possédait une nature sans surprise, mais plaisante : pas de cours d'eau majestueux, pas de montagne à vous couper le souffle, seulement une sorte de gros ruisseau qui serpentait dans des terres grasses et planes, arables jusqu'au tréfonds. « Quiconque n'a pas vu les champs de Saint-Clet par un matin d'été ne sait pas ce qu'est le bonheur sur cette terre. »

Toute mon enfance s'est déroulée dans la paix, l'opulence, le calme.

Puis, le jour de mes quinze ans, Marguerite eut ce commentaire : « Penser qu'à ton âge, j'étais déjà ta mère. » Je n'y ai pas fait attention, trop habituée à ma chance, comme les héritiers impécunieux de la famille Prévost. Et lentement, jour après jour, pendant deux ans, ma mère est redevenue une petite pauvre, à notre insu.

Marguerite est morte asphyxiée dans sa voiture, le 8 novembre 1967. Elle avait trente-deux ans. La veille encore, elle emplissait le congélateur en prévision du réveillon de Noël. Le tuyau d'échappement, soigneusement bouché avec des torchons roulés, ne pouvait laisser aucun doute sur ses intentions. Elle n'a écrit aucune lettre. Elle avait compensé quinze ans de malheur par quinze ans de bonheur et ne pouvait pas imaginer s'en tirer à meilleur compte.

Elle me manquera tous les jours de ma vie.

* * *

Quand j'ai relevé la tête, la sirène signalait la fin du match. Les deux soûlauds buvaient à une belle victoire. La serveuse m'a apporté mon addition, et j'ai voulu savoir où elle avait pris ses pochoirs pour les yeux.

— Après une journée de douze heures, toi aussi t'aurais les yeux pochés !

— Excusez-moi, je me suis mal exprimée. Comment faites-vous vos lignes d'eye-liner ?

— Ah ça ! C'est avec un stencil Hollyday Magic. Du beau plastique moulé en forme de paupière avec le dessin de l'œil-de-biche que tu remplis au pinceau. C'est pratique, mais là, c'est dur à trouver, ça passe de mode. Tu peux encore en acheter chez Johnny Brown.

Elle avait de très beaux yeux. Sa broche de plastique portait son nom : « Raymonde, pour vous servir. »

16 février

Je vais garder cet enfant. Ce ne sera pas facile parce que je veux continuer mes études. Il est hors de question de demander l'aide de mon père. Ma mère ne m'a rien légué, même pas une somme d'argent. Il faudra travailler. Qu'est-ce que je sais faire ?

20 février

Daniel Sanche croit que je devrais finir l'année à l'université, parce qu'ensuite je n'aurais qu'à terminer la troisième année pour le diplôme, que je pourrais suivre des cours du soir tout en travaillant le jour. Il paraît que les banques embauchent, pourvu qu'on parle anglais et qu'on ait complété le cours secondaire. Caissière... j'ai toujours aimé le calcul.

« Tu n'as pas peur ? » m'a demandé Daniel. Moins maintenant. Il faisait une tête d'enterrement. Il n'a posé aucune question et m'a tout de suite affirmé qu'il serait là pour moi, quoi qu'il arrive.

Demain, nous allons voir Alain Quirion, à Dorion, dans sa famille. Il semble se rétablir lentement et le médecin a autorisé des visites, « pour un choc salutaire ».

21 février, nuit

Pour un choc, c'en était un, mais je ne crois pas qu'il a été pour Alain.

Il a perdu vingt livres. Il n'était déjà pas gros, il est devenu maigre comme un clou. On jurerait qu'il a au moins trente ans, ses yeux sont enfoncés dans leurs orbites et il a perdu des cheveux. Des plis sillonnent chaque côté de sa bouche. Il était d'excellente humeur et nous a reconnus tout de suite. Passé un premier quart d'heure de conversation un peu cahoteuse, il a eu la bonne idée de demander des nouvelles de la faculté de droit. L'infirmière qui le surveille s'est éclipsée là-dessus, rassurée. Nous avons pu parler pendant une heure. Il m'a trouvée changée, Daniel a pressé mon pied sous la table, j'ai dit : « Ah bon ? » Alain a ajouté : « Changée pour le mieux, de l'intérieur. Es-tu en amour ? » J'ai secoué la tête.

Toutes les trois heures, il doit avaler une demi-douzaine de comprimés, tendus par l'infirmière, qui vérifie ensuite à l'aide d'une spatule s'il ne les a pas cachés sous sa langue.

— J'ai été fou, mais je n'ai pas intérêt à le rester, hein ? Je vais redevenir raisonnable, je vais être calme et civilisé. Je serai un bon avocat et je ferai ce que je peux, même si ce n'est rien au regard du vaste monde. Toi et moi, Daniel, nous serons de bons avocats sans fortune, qui font pencher du côté de la justice le grand fléau tenu par la dame aux yeux bandés, n'est-ce pas ?

— Bien sûr, a répondu Daniel, parfaitement à l'aise. On sera associés.

— J'ai raison, malgré tout, d'aimer la justice. Il faut aimer la justice, comme la vie, sans espoir de retour.

L'infirmière est revenue, silencieuse et vive. Sans un mot, elle a tapoté sa montre. Daniel et moi, nous nous sommes levés. Alain est resté assis, les calmants lui donnent le vertige. Au moment où je passais la porte, derrière Daniel, je me suis retournée. Alain a posé une main arrondie sur son ventre et m'a lancé un regard inquisiteur. J'ai hoché la tête, il a souri et m'a envoyé un baiser du bout des doigts.

Nous avons attendu longtemps le train poussif qui nous a ramenés lentement à Montréal, à travers des champs pelés et des banlieues un peu abîmées. Il faisait un froid de chien.

Daniel est-il sérieux quand il se voit associé avec Alain ? Il m'a juré que oui. Un malade mental guéri qui n'a commis aucun crime est apte à prêter le serment du barreau et à pratiquer.

— Je ne le vois pas briguer la fonction de juge, évidemment. De toute façon, ce n'est pas ce qui intéresse Alain. Tout seul, il aurait moins de chance, un bureau déjà fondé hésiterait à l'embaucher. Avec moi comme associé, il travaillera à son rythme : je plaiderai, il fera la recherche. Je n'ai jamais vu personne décortiquer la jurisprudence comme lui. Il a un don. Ça ne s'explique pas autrement, une sorte de don.

— Lequel ?

— Il a l'amour des lois, un sentiment complètement anachronique. Moi, j'ai le respect de la loi, c'est courant. Mais Alain aime la justice et il aime les lois. Les Anciens disaient que seul l'amour des lois pouvait préserver la cité. Les philosophes des lumières en ont beaucoup parlé. Rousseau a écrit : « Si vous voulez qu'on obéisse aux lois, faites qu'on les aime. »

— Il a l'amour des lois et il veut faire avaler une chaise à quelqu'un qui n'est pas d'accord avec lui ?

— L'amour est toujours paradoxal ! a soupiré Daniel en écartant les bras.

— Je vois.

— Ça peut servir. Quand on aime les lois, on y trouve

mieux son profit. Même pour les grands interdits moraux, le vol, le meurtre ou la violence, le droit est truffé de toutes les vérités et de leur contraire. Il s'agit de trouver l'or qu'on veut et de savoir le faire briller dans la bonne lumière. Mais il faut d'abord le trouver.

— C'est cynique.

— Si on veut s'enrichir, oui. Sauf qu'on peut le faire pour la justice.

Je ne sais pas si c'est d'avoir vu Alain si ravagé, Daniel m'a paru beaucoup plus vieux sous le néon du train. J'ai pensé à Paul Rose, le felquiste qui a commencé à se défendre tout seul à son procès. Un terroriste peut-il faire briller les lois ? Peut-il les aimer ?

Cette nuit, je tousse et j'ai de la fièvre. Bien entendu, le Détail est arrivé en frétillant sur ma table, comme j'ouvrais ce cahier :

— Vous seriez un excellent clerc d'écriture, si ce métier était permis aux femmes. Vous n'avez jamais pensé à l'enluminure ?

Je lui ai annoncé que j'allais mettre un enfant au monde et que, probablement, j'alignerais des chiffres pour le nourrir. Il n'a pas manifesté plus de joie que les autres :

— Et si vous en mourriez ? La gésine est chose périlleuse, même pour une femme jeune et saine comme vous l'êtes.

Allons bon, la mort maintenant !

— Plus personne ne meurt d'accoucher à notre époque, ai-je répondu. C'est sans danger. Et sans douleur, à ce qu'il paraît.

— Vous pouvez me le jurer ?

Chapitre 9

Le temps aidant, le docteur Deslauriers avait fini par faire une concession à la médecine socialisée : il avait embauché une secrétaire médicale, une robuste personne qui tenait les dossiers, recevait les clientes et maniait l'imprimante à factures plus vite que son ombre. Avec elle, j'avais appris à plaire aux réceptionnistes. Dans les bureaux de Stocker, Malenfant, Dumais, au cœur du Golden Square Mile, j'allais avoir un réel besoin de cette aptitude :

« Vous êtes de quelle compagnie ? » me fut-il répondu quand j'ai demandé à voir Marie-Adèle Baron. Pas de « Bonjour » ni « Que puis-je pour vous ? », même pas « Quel est votre nom ? », mais plutôt :

— Maître Baron ne reçoit jamais sans rendez-vous.

— Je sais, mais c'est personnel et urgent.

— Prenez rendez-vous, téléphonez à sa secrétaire.

— Je regrette, c'est capital... et familial, ai-je ajouté avec mon plus beau sourire, celui que je réserve aux douaniers.

— Il y a sûrement erreur, maître Baron ne s'occupe pas de droit familial.

— Je vous parle de sa famille à elle.

La cerbère a levé la tête, intriguée. J'ai eu l'impression que Marie-Adèle Baron n'était pas le genre de femme à qui on suppose une famille.

— Qui êtes-vous ?

— Je suis un neveu. Je lui rapporte des objets personnels qu'elle m'a laissés il y a très longtemps.

J'ai sorti un sac de plastique transparent dans lequel j'avais glissé le collier terni, la bague et le passeport.

— D'une importance personnelle capitale. Je vous en prie. Vous lui dites que c'est de la part de Jean-Étienne Deslauriers et que j'attends sa réponse.

— Vous n'attendrez rien du tout.

— C'est une question d'héritage.

Héritage est une clé du langage avocassier, je le savais depuis la mort de mes parents adoptifs. Sésame s'est entrouvert :

— Maître Baron est en consultation pour l'après-midi.

— Elle vous dira quand je dois revenir, alors. Vous devez savoir comment elle est quand elle rate quelqu'un, n'est-ce pas ?

Ce bluff m'a réussi, la réceptionniste a appelé une sorte de commis et mon paquet est parti derrière une porte à œilleton.

Cinq minutes plus tard, le standard sonnait et la cerbère me jetait un œil interloqué : « Maître Baron vous attend. » Elle s'est levée pour aller m'ouvrir la porte elle-même, avec une carte à puce.

J'ai franchi un corridor, puis un autre, sur les indications du commis, et je me suis retrouvé dans un bureau de dimensions modestes, feutré, tapissé de livres, aux stores fermés. L'odeur vous prenait au nez tout de suite, ozonée, presque minérale : deux purificateurs d'air crépitaient sur une étagère.

— C'est à cause des clients anglophones, a expliqué une voix grave de femme, surtout les Américains. La moindre odeur de cigarette les fait halluciner.

Elle était assise, le visage tourné vers la lumière bleutée de son ordinateur, nimbée d'une fumée mentholée. Le feu de sa cigarette lançait de temps en temps un minuscule signal rouge. Autrement, elle était blanche. Blanche de peau, de cheveux, les yeux gris pâle, les lèvres exsangues. Ses cheveux étaient torsadés dans un chignon lisse, avec une mèche qui jouait sur la tempe. Elle semblait avoir environ trente-cinq ans, les joues encore pleines, l'ossature menue, plutôt petite, pas une ride.

— Je veux parler à Marie-Adèle Baron.

— C'est moi.

— Vous êtes trop jeune.

— Et vous, vous me semblez vieux.

— J'ai vingt-trois ans, bientôt vingt-quatre.

Elle a hoché la tête :

— Vous me l'avez déjà dit dans votre lettre.

— Si je l'avais affranchie avec mon adresse, nous aurions gagné du temps.

— Parce que vous avez retrouvé l'appartement de la rue Boyer, c'est ça ?

— J'y habite. J'ai acheté la bâtisse sans savoir.

— Sans savoir ?

Elle a eu un rire bref, un seul éclat lancé au plafond, le menton relevé, un cri de mouette :

— Et puis-je savoir comment vous avez su ?

J'ai raconté le journal de Marcelle, mes travaux dans l'appartement de Nicolas. Elle est restée songeuse :

— Quand je pense à quel point nous nous sommes rongé les sangs, Hyacinthe et moi, pour des objets qui avaient glissé sous une plinthe...

Elle a passé l'agate à son doigt et l'a rapidement enlevée.

— Et maintenant, que veux-tu ?

— Je voudrais parler de Marcelle, si vous le voulez bien.

— Avec un peu de chance, je pourrais vouloir. Mais pas maintenant, parce que je suis entre deux rendez-vous. Va voir ma secrétaire.

— Merci, madame.

— Où as-tu trouvé mon adresse ? Dans le bottin du barreau ?

— Non, par Daniel Sanche.

— Bien sûr, Sanche et Quirion... Comment ils vont, les deux pourfendeurs ? Toujours à défendre la veuve et l'orphelin ?

Ses yeux ont croisé les miens, elle est devenue cramoisie. Elle n'avait pas dit un mot sur l'argent. Ce qui ne signifiait pas qu'elle ne savait pas.

* * *

C'était un garçon de dix-sept ou dix-huit ans. Il se tenait dans la cage d'un escalier de secours. Il n'attendait rien, il prenait l'air en feuilletant un *comics*. J'avais tout de même dû faire le pied de grue pendant quatre jours avant qu'il se montre. Quel danger pouvait-il représenter pour qui que ce soit ? Quand le coup est parti, j'aurais voulu fermer les yeux. Je ne ferme jamais les yeux sur eux. Il est tombé, mort dès la première balle, et aucun témoin ne s'est manifesté. Ça arrive.

* * *

On peut classer les bureaux d'avocats en trois catégories : ceux qui ont des reproductions laminées au mur, ceux qui ont des sérigraphies numérotées, ceux qui ont des toiles de maître. Le bureau de la reine Mab offrait au regard de la clientèle un Riopelle de la période automatiste.

— Il y a des femmes trompées qui brodent des coussins, d'autres qui partent en croisière, ma mère aimait jouer les amateurs éclairés. L'abstraction la consolait des goûts de mon père, qui étaient beaucoup plus concrets. Quand le Tout-Montréal bien-pensant a appris, vers 1950, qu'André Breton, dans une galerie parisienne, était tombé en arrêt devant les toiles de Riopelle, qu'il avait demandé à le rencontrer, elle n'a fait ni une ni deux : elle s'est précipitée dans une des rares galeries à posséder du Riopelle et elle en a acheté trois pour le prix d'une robe de Dior. Une robe de ville, bien sûr, pas une robe du soir. Est-ce que je me trompe ou je ne suis pas celle que tu croyais ?

— Vous ne vous trompez pas.

Il était vingt et une heures, dans le bureau de la reine Mab. Elle travaillait ; elle n'était pas la seule, la plupart des bureaux de l'étage étaient encore occupés. Elle a allumé une cigarette sur celle qu'elle avait à la bouche, a éteint le mégot dans un cendrier de marbre, a lancé au plafond une longue bouffée voluptueuse.

— Je suis désolée. Tu vois, dans la génération de l'imagination au pouvoir, il y avait deux principes : imagination et pouvoir. Quand la mode est passée, deux camps se sont formés. Moi, je suis du camp du pouvoir, je n'imagine rien. Daniel Sanche ne t'a rien dit à mon sujet ?

— Seulement votre adresse.

— Toujours chevaleresque ! Je vais te raconter une histoire : il était une fois une usine de papeterie. Les travailleurs manipulent d'énormes rouleaux de papier qui sont enveloppés dans des couvertures d'amiante, pour éviter que le frottement des rouleaux dégénère en incendie. Nos lois interdisent la fabrication de l'amiante à fibres longues, la crocidolite, celle qui provoque l'amiantose, mais elles n'interdisent pas d'en acheter à l'étranger pour en faire usage ici, ce que font beaucoup d'entreprises parce que ça coûte moins cher. Alors la papeterie économise. Tout va bien pendant un an, puis un travailleur de l'usine développe un cancer du poumon. Ses biopsies sont pleines de crocidolite. Le syndicat entame des poursuites, le travailleur prend des avocats pour être indemnisé par l'employeur. L'employeur réfute sa responsabilité, il y a des inspections, c'est très mal parti. À ce moment précis, le travailleur, un immigré asiatique de cinquante-quatre ans, meurt en laissant une famille dans le besoin. Les prélèvements des biopsies sont trop minimes pour être admis comme unique preuve.

— Dommage.

— Si on veut, parce qu'il reste son cadavre. Les résultats de l'autopsie seraient on ne peut plus admissibles. Les avocats du mort offrent à la famille de prendre un mandat de l'Aide juridique, autrement dit, de travailler pour rien. Ils sont sûrs de gagner, je suis sûre de perdre. C'est moi qui défends la partie patronale.

— J'avais compris.

— Et soudain, un miracle arrive : la famille refuse l'autopsie.

— Pourquoi ?

— Parce que c'est contraire à leur religion. Ils sont pauvres à crier, ils ont tout laissé derrière eux, seule une autopsie pourrait permettre la poursuite qui les sortirait de la misère, mais ils ne veulent pas qu'on touche à la dépouille du défunt, parce que ce serait attenter à sa vie dans l'au-delà. La procédure s'arrête là. Et une incroyante comme moi est sauvée par Dieu. Sanche et Quirion l'ont trouvée très dure à avaler. Il y a des choses qui dépassent l'imagination. Le pouvoir, lui, n'est jamais dépassé. La papeterie, par ailleurs, n'a rien changé à son équipement et des flocons de crocidolite doivent continuer de neiger sur les bronches des travailleurs.

Elle n'avait pas l'ombre d'un sentiment dans la voix. Ni triomphe ni regret.

— Et votre fille, vous l'avez élevée dans ces idées-là ?

Elle a sursauté et m'a regardé avec une sorte d'incrédulité, avant de siffler entre ses dents blanches :

— Laisse ma fille en dehors de ça.

J'ai compris que l'audience était levée.

* * *

Je suis rentré chez moi à pied, en arpentant la rue Sherbrooke, lumineuse et déserte par ce soir de semaine. La reine Mab avait une motte d'amiante à la place du cœur. Sanche et Quirion gardaient un souvenir trop idéalisé de Marcelle pour que je puisse me faire une idée juste. Qu'est-ce que je voulais, d'ailleurs ? Connaître une fille qui était morte à ma naissance ? Pourquoi ? À quoi servent les morts ? Qu'est-ce qui m'avait pris, au fond ?

Puis, j'ai commencé à travailler sur un mur lambrissé avec un ébéniste qui me prenait comme sous-contractant de temps à autre. J'ai cessé de lire le journal de Marcelle, Nicolas est parti en voyage, Marine ne se montrait jamais, la fin de l'hiver était horrible, trop pluvieuse et froide pour mériter le nom de printemps, même au Québec — et l'on n'est pourtant vraiment pas regardant là-dessus. Je suis redevenu moi-même, c'est-à-dire pas grand-chose.

* * *

Le gros Cosma avait eu raison, le second étage de son appartement était beaucoup plus beau dégagé sur toute la longueur ; mais pour l'heure, il n'avait pas la tête à s'en réjouir. Assis sur une méridienne de faux cuir se tenait Dieu en personne, ou ce qui peut le plus ressembler à l'image qu'on nous en donne : un vieillard sec et noueux à la crinière argentée, droit comme un I, ennuyé comme un prince pendant la parade, qui pianotait doucement des jointures sur le dossier d'acajou galbé en baissant les paupières sous les spots.

— Vous êtes satisfait, j'espère ? Parce que j'ai toujours été très laid en photo...

Dieu a porté à sa bouche le goulot d'un litre de rouge déjà bien entamé. Nicolas a tout éteint.

— Le temps de changer de lentille et je finis le dernier rouleau.

Il m'a entraîné dans un coin et m'a tendu les polaroïds : Dieu jetait dans l'objectif un regard de franche haine ou d'ennui agressif.

— Moi, j'aimerais bien ces photos, m'a murmuré le gros, mais le rédacteur jet-set qui m'a passé la commande va vomir en voyant les planches-contacts ! Lui, ce qu'il veut, c'est du génie québécois satisfait, pour flatter les lecteurs. As-tu vu sa gueule ? As-tu vu ses yeux ? Attends, tu n'as pas encore vu ses dents !

— Fais monter Marine, je suis sûr qu'une fille peut l'amadouer.

— Penses-tu que je n'ai pas essayé ? Au bout de deux minutes, elle l'a envoyé chier ! Lui ! Elle l'a envoyé chier ! Elle qui pourrait enjôler une potiche ! Elle file un coton épouvantable ces temps-ci, une humeur de chien, je ne sais pas pourquoi. Tu es mon dernier recours, parle-lui, sois aimable. Si tu peux lui arracher un seul regard un peu humain, je suis sauvé.

J'ai pris un zoom et je m'en suis servi pour observer Dieu de loin. Il était dans son état normal, fin soûl, les yeux vagues. J'ai pensé au docteur Deslauriers, si juste en toute circonstance, si mesuré. Il disait que sous l'alcool se trouve la douleur et dans la douleur, la plupart du temps, le manque de but à atteindre, l'absence de cible. Dieu ne visait nulle part, il avait perdu le désir d'atteindre.

Il faut savoir que Dieu était sculpteur de son état, et non politicien ou *showman*. Les gens du showbiz dégainent leur regard et tirent des deux yeux comme si leur vie en dépendait. Ils n'ont rien pour faire paniquer un photographe, mais un sculpteur n'use pas sa figure à de telles roueries, surtout pas Dieu, qui en avait vu bien d'autres.

— Excusez-moi, lui ai-je dit, savez-vous jouer au combat naval ?

Nous avons rempli nos feuilles quadrillées pendant que Nicolas replaçait l'éclairage. Mon idée était de laisser Dieu gagner, bien sûr, pas trop vite. Le gros a fini son film et rechargé sa caméra deux fois sans que Dieu songe seulement à regarder l'heure à sa montre. La sonnette de la porte d'entrée a résonné et Nicolas n'a pas levé la tête. Au même moment, Dieu a lancé « E 14 ! », j'ai répondu « Croiseur coulé », il a crié « Victoire ! » et Nicolas en a profité pour prendre la photo de la couverture, qui fut ornée de la phrase « Une légende vivante contemple son œuvre ».

Nicolas poussait des soupirs d'aise ; Dieu oubliait de réclamer à boire. Tout à coup, il s'est mis à cligner des yeux vers la porte du studio : « Il y a quelqu'un. »

Jamais, jusqu'à cet instant, je ne m'étais rendu compte à quel point Marine était longue, mince, gironde et noire, avant de la voir aux côtés de cette petite femme toute blanche et gracile, qui portait d'énormes verres fumés.

— Tiens ! a fait Dieu. Marie-Adèle Baron ! Comment vont mes premiers bronzes ? Leur plus-value se porte bien, j'espère ? Et madame votre maman, qui aimait tant l'art, toujours Alzheimer ?

* * *

Elle voulait visiter. Nicolas l'a d'abord menée au mur abattu dont la cicatrice se trouvait encore au sol, une longue traînée de bois noirci entre les lames du parquet. « C'était notre bureau, a dit la reine Mab, une toute petite pièce sans fenêtres. Vous avez bien fait de vous en débarrasser. »

Marine se taisait, moi aussi, et Nicolas se dépensait pour trois. La reine Mab voulait tout voir, comme un agent immobilier :

— Vous avez changé les fenêtres ? La pression d'eau est toujours aussi faible au second étage ? Comment faites-vous pour votre chambre noire ?

En redescendant, elle s'est arrêtée devant la chambre de Marine :

— C'était la chambre de ma fille.

— Maintenant, c'est la mienne, lui a dit Marine.

Mab l'a regardée, souriante et en levant un peu le menton — jamais Marine ne m'avait paru si grande —, puis elle m'a regardé, moi. Elle a poussé la porte de la chambre, nous ne l'avons pas suivie, elle a refermé la porte et nous l'avons attendue.

— Où est Dieu ? a demandé Nicolas.

Dieu était parti sans demander son reste.

La reine Mab est revenue cinq minutes plus tard, les pommettes en feu, le regard clair. Elle a souri à Marine.

— C'était la plus belle pièce du logement. J'ai retrouvé la même lumière.

Le gros a offert du café. Mab a parlé du Chili, où ils étaient partis, elle, son mari et leur fille âgée d'un an en novembre 1971, tout de suite après la mort de Marcelle.

— C'était fascinant, l'idée qu'on puisse redistribuer la richesse, le revenu et le pouvoir en utilisant la démocratie. Pendant les presque deux ans que j'y ai passés, j'ai vu une foule de gens débarquer des quatre coins du monde pour observer le *proceso chileno*. Mon mari et moi, nous faisions du théâtre. J'en avais un peu soupé de l'agit-prop, mais les Chiliens y mettaient une sorte de grâce, une beauté d'images que je n'avais jamais vues ailleurs, des choses qui dépassaient l'antagonisme des classes. J'ai tout de suite aimé ça. Mon mari était devenu un autre homme, plus détendu, plus confiant qu'au Québec où je le sentais toujours sur ses gardes. Nous pensions à commencer les démarches pour émigrer quand la grève des camionneurs a commencé.

— Ça, je n'ai jamais vraiment compris, a dit Nicolas. Une grève de camionneurs et tout le pays est à terre ?

— Le Chili est au flanc de la Cordillère. Si les marchandises ne voyagent plus par camion, tout bloque. Les gens qui ont préparé ce coup-là savaient s'y prendre.

— Vous croyez au complot ? a demandé Marine.

La reine Mab a allumé une cigarette ; il m'a semblé qu'elle cherchait quoi répondre.

— Oui, a-t-elle fait en expulsant sa fumée par les narines, oui, il y a eu complot. Il y a eu toute une organisation. C'était si inattendu sur le coup et après, ça semblait couler de source. Pour nous, ça avait été l'utopie réalisable. Et l'utopie s'est écroulée presque sous nos pas pendant que notre avion décollait. Je n'ai jamais rien vu de si laid et de si brusque.

Le visage de la reine Mab s'est figé.

— Merci beaucoup pour cette visite. Je n'ai pas eu mal, c'est toujours ça de pris. Tu viens marcher, Jean-Étienne ? Nous devons parler.

Il faisait beau. Elle a voulu se rendre à pied au parc Lafontaine. Elle a continué à parler d'elle, en me priant de l'excuser, elle savait bien que je n'étais pas venu la voir pour ça. Moi, ça m'était égal, je répondais par monosyllabes.

Hyacinthe était reparti pour l'Amérique du Sud dans les jours qui avaient suivi leur retour à Montréal.

— Il s'est mis à détester le Québec, à tout trouver nul, sans intérêt, à dire que le climat était à chier — remarque, après le Chili, le choc était brutal —, à penser que le milieu théâtral était rempli d'opportunistes et d'imbéciles. Encore que là-dessus aussi, je lui donnais presque raison. Nos anciens amis me tapaient sur les nerfs, je ne pouvais pas avoir une conversation un peu soutenue avec eux. Je ne sais pas pourquoi, il y avait une coupure.

Elle a mordillé sa lèvre en silence avant d'exploser :

— Et puis oui, au fond, je sais pourquoi ! C'étaient des cons ! De sales cons qui perdaient leur temps à casser du sucre sur le dos des autres, à débattre pompeusement de la langue québécoise, tout en soupesant les mérites de Paris et de New York ! Tout ce qui les intéressait, c'était de gruger leur part de subventions et, aux dernières nouvelles, ils n'ont pas changé !

J'ai rarement vu autant de ressentiment étalé avec tant d'amère liberté.

— Des cons, qui jurent leurs grands dieux ne jamais lire les critiques, mais qui se déculottent devant le premier journaliste venu et qui trouvent le moyen de se plaindre ensuite que les médias ne les respectent pas...

— Vous les fréquentez toujours ? ai-je dit, alors qu'elle reprenait son souffle entre deux salves.

— Non, bien sûr que non. Je les hais.

Elle a éclaté de rire et elle a eu une quinte de toux. J'ai dû la frapper dans le dos pour qu'elle en revienne. C'était la première fois que je la touchais ; elle sonnait creux sous la paume.

— Je suis injuste. Ils étaient gentils, toujours attentionnés.

Trop. En même temps, je les emmerdais un peu. Au théâtre, on n'aime pas les calamiteux, ça porte malheur. En plus, je venais d'une famille qui m'entretenait. Ça écœurait beaucoup certains de mes collègues, on me le faisait sentir.

Elle parlait de plus en plus vite.

— Attendez, pourquoi auriez-vous été calamiteuse, justement, si vous étiez riche ?

— Je ne sais pas, tout ça...

Elle a remis ses verres fumés.

— Tout ça ? Tout ça quoi ?

— Ma fille est morte.

Nous avons marché en silence jusqu'au parc. Nous l'avons trouvé rempli d'enfants, pour faire exprès. La reine Mab avait repris une voix normale :

— Les avis ont été très partagés sur le sort de ma fille. Il y a des médecins qui m'ont dit qu'elle avait été rapatriée trop vite, qu'une enfant de cet âge n'avait pas eu le temps de se fabriquer une immunité contre nos virus locaux. D'autres m'ont juré que c'était une saleté de là-bas, que c'était très courant dans l'hémisphère sud et qu'elle l'avait probablement incubée au Chili. Enfin bref, encéphalite virale foudroyante. Elle a été emportée en quatre jours.

— C'est pour ça que Hyacinthe est parti ?

— Non, il était déjà parti. Il voulait revenir deux ou trois fois par année, pour la voir, c'était notre arrangement. Finalement, en vingt ans, je l'ai revu deux fois, presque par hasard. Il enseigne dans une école, en Argentine. Un très bon poste. Quand je pense que c'est moi qui lui ai appris l'espagnol !

Je me suis rappelé l'homme du journal de Marcelle, qui endormait sa fille tout en affirmant qu'il ne se sentirait jamais innocent. Quelque chose m'a frappé : nulle part, dans le journal, Marcelle ne donnait le nom de l'enfant. Mab en parlait maintenant en disant « ma fille » ou « la petite ». Elle devait bien avoir un nom, cette fille qui aurait été de mon âge aujourd'hui.

— Elle s'appelait comment ?

— Pourquoi veux-tu savoir ?

— Pour rien.

— Je suis incapable de prononcer son nom. J'avale des lames de rasoir.

Elle a cherché un papier dans son sac, elle n'a trouvé que son chéquier. Elle a détaché une feuille, elle a pris soin de rayer le recto, en bonne reine Mab, parce qu'un chèque vierge qui traîne, sait-on jamais, et elle a tracé un mot qu'elle m'a tendu.

Pour la fille de la reine Mab, je m'attendais à n'importe quel nom. Tant de mes contemporains souffrent de prénoms comme Siddharta ou Marie-Catalogne, que vraiment, de la part de Marie-Adèle Baron, fille de juge et égérie de la contre-culture en son jeune temps, j'anticipais le pire comme le meilleur. Ce ne furent ni l'un ni l'autre.

La fille de la reine Mab portait le plus improbable des prénoms, passé de toutes les modes et sans espoir de futur. Quatre lettres, consonnes et voyelles en alternance, qui sonnaient comme les premiers tangos et les premiers paso doble captés jusqu'au fond des campagnes par des radios à piles, qui venaient en droite ligne de l'entre-deux-guerres et de la crise économique, la grande, celle de 1929.

— Oui, je sais, a repris la reine Mab. C'était le nom de la mère de Hyacinthe, c'est tout ce qu'il savait d'elle, il ne l'a jamais connue. Au début, je n'étais pas certaine, mais il y tenait tellement. Ensuite, je me suis dit qu'avec un nom pareil elle se distinguerait toujours du troupeau et ça m'a plu. Je crois qu'elle l'a toujours senti, d'ailleurs. Je suis sûre qu'elle aurait pu faire de grandes choses. Elle était si belle ! Même quand je l'ai vue pour la dernière fois, j'ai pensé à sa beauté. Comment est-ce que j'ai pu être foutue, moi, de fabriquer une telle merveille ?

On aurait dit qu'elle attendait que je réponde. Je n'en menais pas large.

— Enfin, j'étais comme n'importe quelle mère. Et quand

elle a été partie, je me suis mise à détester le théâtre, va savoir pourquoi. Je me suis rappelé ma licence en droit. Au fond, c'était toujours ça de pris.

J'ai voulu prendre la main de la reine Mab. Le papier qui portait le nom de la petite m'a échappé dans une bourrasque soudaine. Il s'est envolé et est allé se perdre dans le feuillage du ginkgo du parc Lafontaine, un cadeau de la ville de Hong Kong aux Montréalais lors de l'Expo 67. C'est un arbre grand et fort maintenant, qui résiste à nos hivers. Ça ne nous rajeunit pas, tout ça.

Chapitre 10

Mars, avril, juin, septembre 1971

J'ai trouvé un médecin. Un médecin qui ne me coûte rien. En tout cas, je le pensais, mais il m'a corrigée : « Je te coûte l'argent de tes impôts, et si tu n'en as pas encore payé, crois-moi, ça viendra. » Les médecins ont tendance à tutoyer la clientèle maintenant. Le vouvoiement n'a pas été prévu dans leur tarif. Et quand je lui ai parlé de danger de mort à l'accouchement, il a éclaté de rire. Nous ne sommes plus à l'époque de nos grands-mères et si je mène une vie saine, moi qui suis robuste et jeune, ça devrait passer comme une lettre à la poste.

Ce qui passe moins bien, c'est l'absence de père. Il me recommande de trouver quelqu'un, « un soutien pour les moments difficiles... » Ah bon ! J'aurais besoin de soutien pour une lettre à la poste ? Je l'ai un peu agacé quand j'ai parlé de Mab : « Une femme ? Elle a déjà accouché, j'espère ? » Et si j'avais choisi un homme, aurait-il fallu qu'il ait déjà accouché, lui aussi ?

J'ai gardé cette finesse pour moi pendant qu'il m'auscultait. Il n'aime pas le son que font mes bronches. Je suis repartie avec une liste de vitamines et un régime fortifiant.

J'ai le caractère mauvais, ces jours-ci. Une lettre de mon père est arrivée ; elle contenait un vague mot de trois lignes et sa carte routière, avec tout son itinéraire jusqu'à Corpus Christi tracé au feutre rouge. Je ne sais pas quoi répondre.

Recluse chez moi. Après la Loi des mesures de guerre, la loi de la nature nous tombe dessus. Voici la tempête du siècle, celle qui se produit tous les dix ans. Vingt pouces de neige sont tombés en vingt-quatre heures. On a renoncé aux souffleuses et des équipes d'urgence se sont constituées, spontanément, parmi les propriétaires de motoneiges, qui s'en donnent à cœur joie jusqu'en plein centre-ville, dans le quartier des affaires déserté.

Le vent pousse la neige en bancs poudreux, mes fenêtres sont presque aveuglées. Je lis, j'écris.

Mes nausées diminuent. Toujours ça de pris, pour reprendre une expression de Mab. Elle l'emploie à tout propos, maintenant. Ça ne semble guère la consoler. De quoi, au fait ?

22 mars

Nouveau refrain de Hyacinthe : « Ce qui nous est arrivé, ce n'est rien. Pensez à l'Irlande, pensez à la Jordanie ou à la Grèce... » En clair, nous sommes des petits-bourgeois assis sur nos privilèges et nous avons tort de nous croire intéressants parce qu'un bruit de bottes a résonné dans nos rues pendant quoi, deux ou trois mois ? Ce n'est rien.

Bien sûr, ce n'est rien, mais que ce rien suffise à nous dompter est en soi assez humiliant, non ?

Pas pour Hyacinthe Roy : « Ce n'est pas humiliant, c'est tout simplement ridicule. Ils me font rire avec leurs cinq cents arrestations ! Et quand bien même cinq cents personnes auraient tâté de la cellule pendant un mois ou deux, il n'y a pas de quoi revendiquer le statut de martyr ! J'en ai fait, moi, de la prison, de la vraie, de droit commun, et plus qu'un mois ou deux. C'est là que j'ai commencé à lire, ce n'est pas si mal... »

Mab ne répond rien. Pour une fois, elle est sans voix. Ce n'est pas qu'elle manque de répartie sur le sujet, elle n'ose rien dire ; je la sens sidérée, dépossédée de cet homme-là qui est le sien et qu'elle ne reconnaît plus. Je suis devenue son réceptacle, sa chambre d'échos quand elle étouffe trop : « Le pire, c'est que mon père tient exactement le même discours, à quelques mots près. Bien sûr, Hyacinthe affecte de mépriser nos soi-disant privilèges, alors que mon père s'en vante. Mais à part cette nuance, c'est du pareil au même, les mêmes arguments : nous sommes gâtés, ailleurs dans le monde c'est bien pire, ce n'est pas trois jours ou huit semaines de détention qui vont faire mal à un cerveau brûlé et jamais les bibliothèques des prisons n'ont été aussi fréquentées ! »

Avant, Hyacinthe détestait toute allusion à ses années de délinquance, cela je le sais. Maintenant, il le crie sur les toits. Déformation de saltimbanque, n'importe quoi pour attirer l'attention, selon Mab.

27 mars

J'ai commencé à me documenter sur les tapisseries de la *Dame à la licorne*, qui sont au Musée de Cluny, comme celles de la *Mort de saint Étienne*. Il paraît que les cours les plus intéressants d'art médiéval se donnent à la maîtrise. Quand j'ai annoncé que je ne comptais pas la faire, tout le monde a été étonné. Même moi.

J'ai l'impression qu'il bouge. Déjà ?

2 avril

Visite au médecin : « Cette marque rouge sur le pied droit, c'est une tache de naissance ? »

4 avril, nuit

Insomnie. Pour rien, comme ça. À la campagne, j'allais marcher dans les champs, la nuit. Au printemps, il y avait ce qu'on appelait le coup d'eau : toute la neige fondait par grandes plaques, les champs devenaient des mares. Les enfants du rang, nous sortions une porte de grange de ses gonds et nous partions en radeau, avec des manches de fourche en guise de pagaies.

C'est toujours quand je suis seule comme un chien que le Détail se pointe.

— Vous allez me laisser tranquille, un jour ? lui ai-je demandé.

— Quand vous l'aurez décidé, ma chère.

— Eh bien, je le décide, là ! Disparaissez !

— Il vous faudra décider plus fort.

— Je suis habituée à vous, maintenant. Ce n'est plus drôle.

— Moi, je m'amuse encore. Je suis libre, chez vous. Personne ne m'empêche d'aller et venir à ma convenance.

J'ai voulu le frapper, je me suis ouvert la main sur ses aiguilles et j'ai crié « Tabarnac ! ».

Le Détail n'a pas bronché, il a reculé lentement jusque dans un coin. J'ai éteint. D'habitude, ça le fait fuir. Pas cette fois.

— Comme elle est étrange, votre façon de jurer, a-t-il dit, très doucement.

— Je ne jure pas, je sacre.

— Voilà une étrangeté de plus. Pourquoi ne jurez-vous pas le nom de Dieu ?

— Pardon ?

— C'est le nom de Dieu qui fait le juron : nom de Dieu, sacredieu, par le Sang-Dieu, tudieu, pardieu !

— Vous avez raison, nous ne jurons pas le nom de Dieu.

— C'est tout de même curieux de vous entendre : ciboire, calice, tabarnac, hostie...

Je ne dormirais plus, et je le savais.

— Écoutez, lui ai-je dit sans rallumer, je vais vous l'expliquer comme je le comprends. Imaginez qu'au XVIIe siècle, il s'est trouvé en Europe des gens assez pauvres, assez réduits à rien pour accepter de franchir l'océan parce qu'on leur avait promis une terre à eux. Ceux qui les gouvernaient étaient des aventuriers sans scrupules ou des prêtres qui fuyaient les temps modernes et la Réforme. Les uns ne pensaient qu'à leur profit, les autres voulaient fonder des théocraties et recouvrer un pouvoir total. Très rapidement, ils interdiront le blasphème et, donc, l'usage profane du nom de Dieu. Les habitants se rabattront alors sur les objets du culte comme sur un moindre mal, parce que nous avons tous besoin de gros mots, n'est-ce pas ?

— Peut-être.

— Seulement, ces gens, qui étaient pour la plupart analphabètes et qui entendaient la messe en latin, n'avaient que les jurons pour faire une place à Dieu dans leur langage. C'est ainsi qu'ils L'ont perdu.

— Vous croyez ?

— Oui. Nous sommes sans Dieu et sans recours. Vous remarquerez que tous nos sacres, qui nous semblent aujourd'hui infiniment plus vulgaires et blessants à l'oreille que tous les noms de Dieu qui peuvent exister, ne sont que les réceptacles de Dieu : calice, ciboire, tabernacle, hostie... Nous avons remplacé le contenu par les contenants, ce qui ferait de nous, j'ose le dire, un peuple métonymique.

Le Détail a poussé un soupir d'effroi dans le noir. J'ai battu le fer :

— Moi, si j'étais vous, je retournerais dès maintenant aux pieds du cadavre de saint Étienne et je n'en bougerais plus ! Si vous êtes libre ici, c'est peut-être tout simplement parce que Dieu vous a abandonné.

Il a crié. J'ai rallumé, il n'était plus là.

12 avril

Me serais-je débarrassée du Détail pour de bon ? Mes nuits sont aussi calmes que mes jours sont agités. Je finis mes travaux, je prépare un dernier examen. De l'argent frais est arrivé dans mon compte, sans un mot d'explication. Que faire ? Je verrai ça plus tard, je n'ai pas le temps.

Notre distingué chef du gouvernement (qui n'est pas le chef de l'État, notre chef d'État est toujours la reine d'Angleterre, une subtilité que Daniel Sanche m'a expliquée) s'en va en URSS, pour se mettre au goût du jour et se défaire des derniers relents de la guerre froide. On est à la page ou on ne l'est pas.

Un jour, il faudra comparer les discours qu'il a livrés dans les deux langues officielles pour expliquer aux Canadiens comment il allait sauver la démocratie. Les Canadiens anglais ont eu droit à des citations de la *Bhagavad-Gita*, sagesse indienne à la clé, et nous, nous avons eu l'armée. L'armée n'est pas moins ancienne, au fond, que la quête de la sagesse. Chaque solitude a eu droit à son petit morceau de culture.

26 juin

Fête de la Saint-Jean-Baptiste avant-hier. Je me demande par quel hasard nos ancêtres se sont placés sous la protection du Précurseur. Quelle venue pourrions-nous bien annoncer ? Les défilés sont interdits cette année, pas de fêtes populaires. Une sauterie improvisée dans les rues du Vieux-Montréal a été réprimée à coups de matraque. Je n'y étais pas. Je traîne une pneumonie depuis un mois, je me remets lentement.

Daniel m'a rendu le grand service de m'amener à l'hôpital, il y a deux semaines. Je claquais des dents, je suais à grosses gouttes. On m'a gardée quatre jours. L'alerte est passée.

Je ne peux pas me lever ; j'ai des palpitations et je n'arrive pas à plier le pied droit, il doit rester pointé, comme celui d'une danseuse. Je commence à avoir hâte qu'il soit là, qu'il soit né, que ce soit fini, ou plutôt que ça commence enfin !

Mab m'a apporté un thermos de bouillon. Je l'ai remerciée, mais j'ai dû lui demander de sortir sa fille de ma chambre, je dois grouiller de miasmes.

— Des miasmes ! a-t-elle répondu en riant. Tu parles comme un médecin de Molière !

— S'il te plaît, fais sortir la petite.

— Elle est forte, tu sais. Et elle a eu tous ses vaccins.

Marie-Adèle Baron n'arrive pas à concevoir la faiblesse des gens. Elle ne voit ni mal ni danger.

29 juin, matin

Il y a eu un orage, cette nuit. J'ai ouvert les fenêtres et un vent frais est entré. J'ai pu me tenir debout et j'ai respiré jusqu'au fond de mes poumons, soulagée. Des nuages effilochés se sont mis à glisser sur un fond de ciel étoilé. J'ai su que je m'en sortirais, que tout irait bien pourvu que je m'accroche, que j'avais eu raison et que mon père me pardonnerait.

— Le pardon n'est pas chose aisée, a soufflé la petite voix du Détail. Ne me regardez pas, je vous en prie.

— Je ne vous regarde pas.

— Je pars. Faites un vœu.

Son bruit perlé et mat a résonné.

— Je voudrais un enfant en santé.

— Ce n'est pas un vœu, ça. C'est une évidence. Enfin, je vous l'accorde. Quoi d'autre ?

— Je voudrais qu'il ait l'habileté de mon père et le regard de ma mère.

— Et pour vous, vous ne voulez rien ?

— Ces vœux sont pour moi, vous ne croyez pas ?

Il n'a rien répondu. Je n'ai pas bougé, je n'ai pas allumé la lumière.

— Restez allongée le plus longtemps possible, a dit le Détail. Prenez garde.

— À quoi ? ai-je demandé.

Il n'y a eu que le silence pendant quelques secondes. Puis, les rumeurs de la ville ont afflué, il était parti.

Je vais très bien. Je me suis levée en pleine forme et je suis allée marcher dans le parc.

24 septembre

Je suis envahie, il bouge comme une armée ! Mab me couve d'un œil jaloux. Elle sera là pour l'accouchement. Ensuite, elle et la petite iront rejoindre Hyacinthe qui est déjà rendu au Chili. Ils ont fini par ramasser l'argent du voyage, je ne sais trop comment. Hyacinthe a trouvé un appartement là-bas et il écrit des lettres enthousiastes que Mab me lit avec un soulagement manifeste.

J'ai toujours trouvé la vie de couple étrange : qu'est-ce qui peut pousser les gens à s'embarquer ensemble ? La peur de la solitude ? Elle est pire à deux. Les contingences matérielles ? C'est terre à terre. L'amour ? L'amour est un mystère, il n'explique rien. Mab et Hyacinthe s'aiment, et plus je le constate, moins je le comprends. Aux yeux des gens, Mab est une fille riche qui cherche à s'affranchir et Hyacinthe, un voyou qui profite de l'argent de la belle-famille. Rien n'est plus éloigné de la vérité, mais même eux, ils ne savent pas la vérité, ils ne se comprennent pas.

Je suis oppressée, je respire de moins en moins bien. Pourvu que ça finisse vite. En attendant, on nous annonce et nous voyons de forts déploiements de police. Les autorités veulent parer à toute éventualité, en cas de commémoration intempestive des événements de l'an dernier. Commémorer quoi, grand Dieu ?

Ce sont eux qui veulent se rappeler. Ça les excite.

27 septembre

Le Détail me manque aujourd'hui. Je ne pourrai jamais en parler à qui que ce soit, jamais. Je passerais pour folle. Je suis vraiment seule maintenant. Je vais être seule jusqu'à la fin.

Chapitre II

Pourquoi avait-elle écrit ça, « seule jusqu'à la fin » ? Par pressentiment ou par évidence ? C'était la fin de son cahier noir, il s'y ajoutait des notations éparses et quelques dessins ; les napperons de papier de l'histoire de Marguerite avaient été agrafés sur une feuille, tels quels. Marcelle n'avait rien transcrit, sauf le texte de la carte du pauvre hère, que je n'ai trouvée nulle part.

Sur les dernières pages, l'écriture perdait de sa netteté. Elle avait dû être salement malade. Ses photos la montraient pourtant robuste, fine, mais bien plantée. La reine Mab ne semblait pas pressée d'en parler.

* * *

Nicolas est arrivé chez moi, un soir, un cliché à la main, fidèle à nos habitudes. Je m'apprêtais à sonder un visage, j'ai vu un pan de mur de pierres grises. La façade de ma maison, par un jour de pluie :

— Regarde bien, au rez-de-chaussée, du côté droit.

Je ne remarquais rien.

— Je l'ai prise la semaine dernière, pour terminer un rouleau et le développer tout de suite. Il venait de pleuvoir. Ça aide à voir une tache sur le mur, une zone plus claire, là.

Il a tracé un cercle, mais ça n'était guère frappant.

— J'ai refait la photo avec une plus longue focale pour avoir un meilleur grain. Et je l'ai contrastée davantage.

On voyait un long trait pâle courir sur la pierre sale. Je me suis dit que toute la façade aurait dû être nettoyée depuis longtemps.

— Ce sont des traces d'acide muriatique, ai-je expliqué. On a probablement nettoyé un graffiti sur ce mur, il y a déjà des années.

J'ai pris le marqueur de Nicolas, j'ai suivi la zone et j'ai tracé une flèche, qui partait de l'angle du mur pour se rendre jusqu'aux deux portes d'entrée.

« Notre façade de pierre s'orne d'une longue flèche rouge sang qui va de l'angle de la ruelle jusqu'à nos portes. Nous sommes les pestiférés du quartier, repérables à vue », disait le journal de Marcelle en décembre. Et elle ajoutait : « Charmant. »

— Je suis intrigué, a repris mon locataire. Un graffiti nettoyé depuis des années peut-il laisser une marque pareille ?

— Oui, ai-je répondu. Si la maison a subi un charme, oui.

* * *

Cette nuit-là, je suffoquais. J'ai voulu appeler au secours : aucun son ne sortait de ma gorge. Une chaleur est montée dans mon dos, une main fraîche s'est posée sur mon visage, une jambe de femme a enserré mes hanches. Je me suis rappelé que j'étais chez la reine Mab. J'ai respiré jusqu'au fond de mes poumons et je me suis rendormi.

Ce soir-là, elle avait remarqué une zébrure rouge sur mon pied gauche. Elle s'est souvenue que ma mère avait la même tache de naissance. Je lui ai dit que ce n'était pas une tache de naissance, mais une tache d'existence. Et puis Marcelle l'avait sur le pied droit.

* * *

— Marcelle m'a semblé très seule, dans la dernière année où je l'ai côtoyée. Je n'ai même pas su qui était le père de son enfant. Pendant un certain temps, j'ai pensé qu'il venait la voir la nuit.

— Pourquoi ?

— Nos chambres étaient au-dessus l'une de l'autre, et certaines nuits, j'entendais des conversations.

— C'est-à-dire ?

— J'entendais sa voix et une autre voix. Je n'ai jamais distingué les paroles, mais il y avait deux voix : celle de Marcelle et une autre.

— Qui était comment ?

— Elle n'était pas assez audible pour que je puisse me faire une idée. Ça durait parfois plus d'une heure. Ils parlaient tous les deux.

Mab racontait de sa voix flûtée et douce, assise dans un fauteuil de cuir avachi. Elle habitait un appartement au dernier étage de la tour où se trouvaient les bureaux de Stocker, Malenfant, Dumais, et pouvait passer des semaines entières sans mettre le nez dehors.

— J'adore ça ! J'ai beaucoup de mal avec l'hiver, j'ai la gorge tellement fragile. Ici, tout est aéré par ventilation et complètement étanche. Un vrai bonheur.

Elle a poussé entre ses lèvres arrondies un filet de fumée blanche. J'ai eu un réflexe d'appartenance :

— Tu en as fumé combien, aujourd'hui ?

— Trois, monsieur.

— Tu mens, je t'ai vu en allumer cinq depuis que je suis entré.

— Je ne mens jamais. Je fume trois paquets par jour.

Elle ne mentait pas. Pourtant, il faut bien dire une chose, c'est que ça ne se voyait pas ; le temps s'était arrêté, pour elle, à la racine de ses cheveux blancs. Ses dents — naturelles, évidemment — et le bout de ses doigts étaient immaculés, sans une trace de nicotine. Elle avait le teint clair et le blanc des yeux sans une veine de conjonctivite. Je devais la détailler un peu trop, elle a eu un bref sourire.

— Ne t'en fais pas, Jean-Étienne, il y a une justice malgré tout. Ma dernière radio des poumons était aussi tachetée qu'un œuf de dinde.

— Tu devrais cesser de fumer.

— Pourquoi ? Vivre vieille ? Ça ne m'intéresse pas. Je ne suis pas du genre à prendre des initiatives avec les échéances, mais il ne me déplairait pas de mourir. Ma vie est derrière moi. Tu es jeune, je ne te demande pas de comprendre.

Elle s'est versé un verre d'eau. Je ne l'ai jamais vue boire autre chose.

— Si tu me dis que le journal finissait le 27 septembre, moi, je peux te dire que tout a commencé le surlendemain, le 29. Elle s'est mise à étouffer, à respirer avec beaucoup de peine. Je l'ai amenée chez son docteur, il lui a fait une piqûre. Elle s'est sentie mieux dans les minutes qui ont suivi, presque par enchantement. Le docteur lui a recommandé l'hôpital, il a tout de suite pensé à une rechute de pneumonie, mais elle allait si bien qu'elle a voulu retourner chez elle. Elle n'avait aucune contraction.

« Le 30 septembre, elle s'est de nouveau sentie mal. Nous sommes allées tout de suite à l'hôpital. Là, un interne lui a refait une piqûre. Je croyais que tout irait bien, comme la veille. C'est devenu pire : elle toussait et avait tant de mal à respirer que sa figure est devenue grise. Elle a eu du mal à me dire : “Il faut appeler mon père, il faut appeler Daniel Sanche.” Dans son carnet d'adresses, je n'ai trouvé que le numéro de Daniel ; on m'a répondu qu'on lui ferait le message. Je savais que le père de Marcelle était en voyage, mais je ne savais même pas où. Quand je suis revenue dans la chambre, ils étaient trois : le médecin de Marcelle, qui venait d'arriver, l'interne de l'hôpital et un autre, le chef du département d'obstétrique, qui gueulait beaucoup. “Est-ce que ça a l'air d'une pneumonie, tabarnac ! L'avez-vous seulement auscultée ? Avez-vous ausculté le bébé ?"

« L'obstétricien a ausculté Marcelle. Il a dit que ses poumons étaient pleins de sérosité, que c'était ce qui l'empêchait de respirer, que ça n'avait rien à voir avec une pneumonie, que c'était une défaillance cardiaque. »

Ma pauvre reine Mab tremblait comme une feuille.

— Ce qu'on m'a expliqué plus tard, c'est que pendant sa grossesse, Marcelle aurait commencé une phlébite. C'est courant chez les femmes enceintes. Elle se serait relevée trop vite après sa pneumonie et le caillot aurait été projeté vers le cœur. Ça s'appelle une embolie pulmonaire.

Restez allongée le plus longtemps possible, avait dit le Détail. *Prenez garde.*

Puis Marcelle avait écrit : *Je vais très bien. Je me suis levée en pleine forme et je suis allée marcher dans le parc.*

Mab ne me regardait plus. Elle continuait :

— Vers minuit, l'obstétricien a demandé un plateau chirurgical, en disant qu'au moins, il faudrait sauver l'enfant. Normalement, le père de l'enfant doit autoriser cette démarche, ou en tout cas, la famille. Quand je l'ai fait remarquer, l'obstétricien m'a répondu : "Je peux me charger des autorisations. Je connais cette femme, je suis de sa famille, elle est la fille d'un de mes cousins." Il a signé tous les papiers et il a pratiqué une césarienne d'urgence, dans la chambre. Je tenais la main de Marcelle. Son pouls s'est éteint sous mes doigts. Le docteur Deslauriers avait le visage couvert de larmes et de sang quand il t'a sorti du ventre de Marcelle.

« L'interne et le médecin traitant étaient blêmes. L'interne a dit : "C'était la mère ou l'enfant." Le docteur Deslauriers a dit : "Il n'y avait plus rien à faire pour la mère." Le médecin traitant a dit : "De toute façon, la mère est morte."

« Beaucoup plus tard, j'ai pensé que c'était quand même bizarre, cette césarienne dans une chambre, sans que personne ne songe jamais à transférer Marcelle dans une salle d'accouchement, mais tout avait été joué depuis longtemps.

« Daniel Sanche est arrivé dans la nuit. En fouillant les affaires de Marcelle, nous avons trouvé l'adresse de son père à Corpus Christi. Il a fallu l'appeler et tout lui apprendre par téléphone. Quand nous lui avons dit qu'elle était morte, il s'est mis à pleurer. Quand il a su comment elle était morte, en accouchant, il s'est tu. Quand je lui ai dit que le bébé était vivant, il a poussé un cri, le plus horrible que j'aie entendu de ma vie. Nous n'en avons rien tiré d'autre.

« Finalement, Georges Deslauriers s'est occupé du reste, puisqu'il était de la famille. Il a pris ça à cœur, il t'a adopté. »

Elle s'est interrompue, s'est tournée vers moi et a compris :

— C'est Deslauriers qui a accouché ta mère. Tu ne le savais pas ?

* * *

Pendant des jours et des nuits, j'ai entendu ces trois phrases : « C'était la mère ou l'enfant. Il n'y avait plus rien à faire pour la mère. De toute façon, la mère est morte. » Elles avaient toutes les trois la voix de Mab, mais je n'avais aucun mal à voir mon père adoptif, Georges Deslauriers, rabrouant un interne sidéré et un médecin traitant trop incompétent pour protester.

Le docteur Deslauriers et sa femme auraient sûrement pu adopter un enfant, tôt ou tard. De profession libérale, en bonne santé, couple stérile, ils avaient tout pour se qualifier. Sauf l'âge, peut-être. Sauf qu'évidemment, la contraception et la révolution sexuelle avaient dépeuplé les orphelinats. Il leur aurait sans doute fallu accepter un enfant plus vieux, ou un peu malade, un cas social. Et puis arrive une cousine, fille-mère, qui accouche bien opportunément d'un bébé en santé et dont on connaît les antécédents. Et qui pousse l'obligeance jusqu'à mourir.

Mes parents ont été très bons pour moi, j'en garde le meilleur souvenir. Mais j'ai oublié le son de leur voix.

* * *

L'histoire de Marcelle était terminée. Pendant trois semaines, je n'ai donné signe de vie à personne et la reine Mab s'est bien gardée de me relancer. Finalement, je l'ai appelée, pour lui demander un service. Je ne saurai jamais pourquoi j'ai fait ça.

J'ai ressorti les dix mille dollars de Hyacinthe Roy. Depuis qu'ils étaient revenus à l'air libre, ils noircissaient lentement, jour après jour. J'aurais dû les détruire, je n'en avais pas besoin. Je les ai apportés à la reine Mab. Je les ai étalés sur son bureau, elle n'a pas cillé :

— Il y en a pour combien ?

— Dix mille.

— Jolie somme.

— Qu'est-ce que j'en fais ?

— Tu veux les blanchir ?

— Peut-être.

— Tu les prends, tu vas à la banque où tu as tes habitudes, tu leur racontes que tu as trouvé ça en rénovant, en creusant le sous-sol, en classant des papiers, qu'importe, et que ça t'appartient. Le préposé va prendre ton argent sale, il va t'en donner du propre, pour la même somme. Le tout devrait durer environ un quart d'heure.

— Seulement ?

— Seulement. Au Canada, toute somme en deçà de cent mille dollars, en espèces, en chèques ou en bons au porteur, est convertie rubis sur l'ongle dans n'importe quelle banque à charte. Le paradis du blanchiment, ça te dit quelque chose ?

— Dans ce cas-là, tu peux tout ramasser, c'est à toi.

Elle ne comprenait rien, je le voyais bien. J'aurais pu repartir avec l'argent, je ne l'ai pas fait.

— Ça signifie quoi, au juste ?

— J'ai trouvé cet argent avec tes bijoux et le passeport de Hyacinthe, sous la plinthe de bois, dans ma maison. C'était à toi.

Elle a secoué la tête, la bouche entrouverte, les yeux vagues.

— Jamais, jamais.

— C'était à Hyacinthe, alors.

— Hyacinthe était cassé comme un clou en 70 ! Il n'avait pas un sou à lui. J'ai dû emprunter à des amis pour nourrir notre fille.

— Parce qu'il avait perdu cet argent-ci et qu'il ne te le disait pas.

— C'est absurde ! S'il avait eu cette somme, il s'en serait vanté.

— À condition de ne pas la perdre.

— Je ne comprends rien.

Elle a croisé les bras, les lèvres tremblantes et les larmes aux yeux, comme une enfant. J'ai porté le coup et j'ai enfoncé le couteau jusqu'à la garde.

— C'était de l'argent mal acquis. Hyacinthe était un indicateur, Mab. Il travaillait pour la police.

J'avais peur qu'elle m'engueule, elle a éclaté de rire.

— Lui ! Il faudrait que tu l'aies connu pour savoir à quel point tu es ridicule en ce moment même ! Hyacinthe était le dernier homme qui pouvait aller à la police. Il les détestait, il avait passé deux ans en prison pour vol à main armée ! Il voulait tout recommencer à neuf, il s'en est sorti tout seul, sans l'aide de quiconque. Je n'ai jamais connu personne d'aussi ambitieux, d'aussi avide de réussite que lui. Et il aurait servi de mouchard ?

— Les mouchards ne le deviennent pas de leur propre gré, la plupart du temps. La police les fait chanter tout en les payant très bien ; ils se retrouvent doublement liés.

— Ce n'est pas toi, espèce de morveux, qui vas m'apprendre comment on recrute des indicateurs ! Je sais ça mieux que toi !

Elle aboyait comme une chienne devant sa portée. Une secrétaire qui passait devant le mur vitré du bureau a accéléré le pas.

— Hyacinthe avait ses défauts, bien sûr, a repris la reine en baissant le ton, mais jamais il n'aurait travaillé pour la police. À la naissance de notre fille, il m'a juré que jamais je n'aurais à rougir de lui, qu'il ferait tout pour nous rendre heureuses, que nous ne manquerions jamais de rien, qu'il était prêt à n'importe quoi pour réussir...

Elle a mis son visage dans ses mains, haletante, abattue.

— Hyacinthe était un indicateur, Mab. Vous étiez fouillés et perquisitionnés presque toutes les nuits sans être arrêtés, pour le dédouaner tout en le laissant opérationnel.

— Il n'avait personne à donner ! Il ne faisait pas de politique !

— Il n'a pas dû servir à grand-chose, je te l'accorde. Mais en 70, la police pouvait croire le contraire.

Sur son visage défait, j'ai saisi sa pensée mieux que si elle avait parlé : les perquisitions, l'agressivité de Hyacinthe, l'argent qu'on attend et qui vient à manquer inexplicablement, puis qui arrive ensuite sans plus de justification, le départ au Chili, le changement de Hyacinthe, le retour amer pour elle, impossible pour lui.

— Pourquoi ? Pourquoi ?

La voix d'une vieille femme sourdait de son corps :

— Pourquoi ?

Pourquoi j'ai fait ça ?

* * *

Marie-Adèle Baron ne voyait ni le mal ni le danger. Et tout le cynisme qu'elle affichait n'y changeait rien.

Elle m'a rappelé au bout d'un mois. Même si elle n'a jamais employé ce mot, je pouvais croire qu'elle m'avait pardonné. Elle me prenait pour un morveux, et je ne l'ai jamais détrompée. Si elle s'est demandé comment j'avais pu deviner l'origine de l'argent de Hyacinthe, évidente quand on rassemblait toutes les pièces du jeu, à condition de connaître ses règles, elle ne l'a jamais laissé paraître.

Elle avait pris l'argent de Hyacinthe et le lui avait envoyé, par la poste, à sa dernière adresse connue, avec un mot qui lui disait où cette somme avait été trouvée, qu'il en savait sûrement la provenance et que, maintenant, elle aussi avait compris. Point à la ligne. Je l'avais appris trop tard pour empêcher quoi que ce soit. Telle était la reine Mab.

Peut-être qu'elle aurait voulu de Hyacinthe un démenti, un mensonge ou une vraie explication. Rien n'est venu.

L'échéance de mon contrat se rapprochait petit à petit. Les déplacements sont devenus plus rares, j'étais tranquillement mis sur la touche et je n'aurais pas eu l'idée de m'en plaindre. Je ne savais rien des fins de contrat. Vous convoquait-on ? Est-ce qu'on tuait les exécutants qui ne renouvelaient pas le contrat ? J'y pensais beaucoup. J'avais décidé, malgré tout, de ne rien renouveler.

* * *

La reine Mab m'avait fixé rendez-vous dans le parc attenant au Palais de justice, rue Notre-Dame. Je l'attendais sur un des bancs publics et j'ai eu du mal à la reconnaître : elle portait sa toge, un ample vêtement noir dans lequel le vent s'engouffrait. Elle marchait vite, sans courir. La course lui donnait des points dans les côtes.

Elle sirotait une bouteille d'eau avant de retourner en salle d'audience. Il faisait un temps clair, frais, les rues se remplissaient d'employés qui profitaient de l'heure du lunch pour sortir.

— Tu me trouves bizarre, hein ? a lancé la reine Mab en lissant sa toge du plat de la main. Moi aussi. Je n'ai pas mis cette défroque six fois dans toute ma carrière. Là, il faut ce qu'il faut, c'est une grosse plaidoirie. J'aurais dû la retirer pour sortir, mais j'ai si peu l'habitude...

Elle bavardait, insouciante. J'aurais presque pu croire que je l'avais libérée du poids de ses vieux souvenirs en lui révélant quel homme était Hyacinthe Roy. Elle a eu un rire :

— Regarde ! Là !

Elle montrait le bâtiment en face de nous, l'ancien Palais de justice, construit dans le plus pur style paléo-judiciaire : colonnades simili-grecques et pierre pâle.

— Là ! Tu vois ?

— Non, quoi ?

— La devise au fronton de l'ancien Palais, c'est la première fois que je la remarque : *Frustra legis auxilium quœrit qui in legem committit*. Maintenant, c'est le Conservatoire national de musique et d'art dramatique. Tu sais le latin ?

— Non.

— *Frustra legis auxilium quœrit* : En vain, il vient chercher le secours de la loi... *qui in legem committit* : celui qui agit contre la loi. Pour une école d'acteurs, quelle devise !

Elle a penché la tête, si mollement que j'ai cru que c'était sa façon de rire. Puis elle a reculé, en deux coups, atteinte au front, et j'ai été éclaboussé de son sang.

En surplomb du fronton horizontal, le toit de l'édifice était plat et devait être accessible. J'ai même pu voir une vague tête qui a disparu presque aussitôt derrière une rampe de pierres. Un groupe de touristes qui croisaient notre banc s'est mis à crier et s'est enfui en courant. Du trottoir, des gens ont commencé à s'agiter dans toutes les directions, sauf la nôtre, et je savais assez ce qui venait de se passer pour n'espérer qu'une chose : qu'on ne me rate pas.

Je me suis levé, je n'ai pas bougé, je suis resté à côté de Mab et j'ai attendu la balle suivante. Je ne devais pas être sur la feuille de route, elle n'est jamais venue. Ils m'ont laissé debout. Debout, par tous les ciboires de la chrétienté. Debout, par le Sang-Dieu. Debout.

* * *

« Les gens que nous exécutons, eux, doivent mourir, car ils mettent la sécurité de beaucoup d'autres en péril. Ceux que vous exécuterez mourraient de toute façon, parce qu'ils doivent mourir. Autant que ce soit fait par nous. »

Donc, il fallait qu'elle meure. À cause de Hyacinthe ou à cause de moi ? Pouvait-il demander sa mort ? Avais-je pu provoquer son assassinat ?

Je suis resté debout neuf jours. Je suis resté debout dans l'ambulance, je suis resté debout à l'hôpital. J'ai refusé de prendre place dans une auto de police où je ne pouvais pas me tenir debout et c'est pour ça que j'ai été assommé.

Quand je suis revenu à moi, je ne sais comment, j'étais debout. J'ai subi un interrogatoire debout, malgré de multiples invitations à m'asseoir et l'assurance que le rapport de l'expert en balistique me mettait hors de cause, que je n'avais pas pu me tenir à côté de Marie-Adèle Baron et l'atteindre de trois balles de calibre 338 Win Magnum en plein cœur et en pleine tête, que le tout avait été tiré d'un toit voisin, celui du Conservatoire, pour être plus précis, qu'un tireur embusqué avait été vu :

— Du nouveau Palais de justice, au quatorzième étage de l'aile est, le corridor des divorces, ça ne vous dit rien ? Pas à votre âge, bien sûr. La fenêtre au bout du corridor offre une vue imprenable sur les toits d'en face et il y a toujours du monde pour y mettre le nez. Vous avez eu de la chance de ne pas être atteint.

Je n'ai rien dit.

— Dans un sens, a repris l'officier, c'est parce que le coup a été fait par des professionnels. Il paraît que maître Baron pouvait passer des jours entiers sans sortir de sa tour. Ils ne devaient pas avoir beaucoup de choix pour la cueillir au bon moment.

Je n'ai rien dit. Je pensais à un homme qui reçoit, à l'autre bout du continent, de l'argent noir comme une vie passée et qui a intérêt à ce que l'origine de cet argent soit tue à jamais. Un homme qui devait toujours savoir à qui s'adresser en cas d'urgence. Il fallait que ce soit Hyacinthe. Parce que si ce n'était pas lui, c'était à cause de moi. Et de toute façon, c'était ma faute. L'officier parlait :

— Dans son milieu, elle n'avait pas la réputation d'une

dame patronnesse. Ce ne sera pas le premier avocat qui finit aussi mal que certains de ses clients.

La reine Mab a dû sourire, quelque part.

— Ils ont retrouvé l'arme sur le toit du Conservatoire, un fusil sans numéro de série, de fabrication complètement illicite, un travail d'orfèvre. Une arme parfaite, destinée à un usage unique, qu'on jette derrière soi comme un mouchoir sale quand le coup est fait, pour s'enfuir plus vite. Vous savez comment on les appelle, ces machines à tuer ?

Je le savais. J'ai dit que non, je ne savais pas.

— On les appelle des *ghosts*, parce que ce sont les outils de la mort fantôme.

J'ai éclaté de rire. C'était nerveux.

J'ai passé une semaine debout, dans l'aile psychiatrique d'un hôpital du centre-ville. Ils ont bien essayé de m'injecter des trucs, mais rien ne prenait. Du moment qu'on me laissait debout, je me tenais tranquille. J'ai mangé debout, j'ai dormi debout, dans une encoignure de ma chambre.

Je la partageais avec un petit monsieur entre deux âges, le visage usé et l'œil apathique, qui m'a remarqué après trois jours passés sans m'accorder un seul regard.

— Moi, je suis ici parce que les calorifères m'injurient, m'a-t-il expliqué. Et toi ?

— Moi, ai-je répondu, je suis ici parce que je veux rester debout.

— Debout ? Comme ça ?

— Oui.

Sa petite figure s'est plissée, sous l'effet d'un intense effort :

— Tu fais de la politique, peut-être ?

* * *

Sanche et Quirion sont entrés dans ma chambre. Sanche portait le sac contenant mes affaires, Quirion m'a fait avaler une poudre dans de l'eau. Ils m'ont lavé, m'ont habillé, ils ont signé des papiers pendant un quart d'heure ; une infirmière leur a remis des flacons de pilules avec une liste d'instructions, et nous sommes sortis. Sanche a jeté les pilules à la poubelle. J'ai refusé de monter dans leur automobile. Sanche est parti seul, Quirion et moi avons marché jusqu'à la gare centrale. Nous avons pris le train. Je suis resté debout dans l'allée.

— Vous ne vous assoyez pas, monsieur ?

— C'est un cas d'entorse lombaire, monsieur le contrôleur. Il vient de sortir de l'hôpital.

— Tiens, maître Quirion. C'est un de vos clients ? Encore un accidenté du travail, hein ? Maudite affaire !

Le contrôleur est reparti, son poinçon à la main, les mains dans le dos. Quirion avait détourné le regard, fatigué de lever la tête. Sur son visage, la lumière rose du couchant s'est mise à bleuir, à noircir. Il avait le regard concentré de quelqu'un qui écoute.

— Vous l'entendez toujours, n'est-ce pas ? lui ai-je dit.

Il a baissé les yeux sans me regarder.

— Le bruit de la nuit qui succède au jour, vous n'avez jamais cessé de l'entendre ?

— Jamais, a-t-il fait très bas.

Le soir est tombé.

— J'adorais Marie-Adèle Baron, m'a-t-il dit.

— Vous l'avez connue ?

Je le croyais sincère, pourquoi aurait-il menti ? J'étais étonné.

— Non ! Je la voyais au théâtre. Je l'ai suivie à partir des exercices de l'École nationale. C'était une actrice rare : elle pouvait tout jouer avec naturel et pourtant, elle restait toujours honnête.

— C'est incompatible ?

— Je ne dis pas ça. Mais elle ne faisait jamais semblant et, en même temps, elle savait s'effacer. Je ne l'ai jamais vue beurrer de sa souffrance la douleur d'un personnage.

— Et comme avocate ?

Quirion a continué de m'étonner : il a souri.

— Elle avait exactement les mêmes qualités : honnêteté et naturel. Parce qu'elle ne croyait plus en rien, ça la rendait redoutable. Je suis sûr qu'elle n'a trempé dans rien de louche, contrairement à ce que pense la police.

J'espérais qu'il ne me demanderait rien. Il a dû le comprendre.

La nuit était tombée quand nous sommes arrivés à Dorion. Sanche nous attendait sur le quai de la gare :

— Ne te sens pas obligé de nous apprendre quoi que ce soit, m'a-t-il dit en me tenant les épaules. Là où nous t'amenons, personne ne t'atteindra.

Nous avons franchi en hors-bord le lac des Deux-Montagnes jusqu'à l'île Quirion. Le feuillage des ormes bruissait. Je me suis demandé où j'aurais une place désormais en ce monde, mais ce n'est pas ce qui est sorti de ma bouche :

— Qui a hérité de la maison de mon grand-père ?

— Pardon ? s'est étonné Quirion.

— Ma mère étant morte, qui a hérité de la maison de son père ?

— Je vois difficilement qui pourrait en avoir hérité, a répondu Quirion avec une douceur infinie, étant donné qu'il n'est pas mort.

J'ai eu un étourdissement.

— Qui t'a raconté qu'il était mort ? a fait Sanche.

— Le docteur Deslauriers.

— Eh bien, il t'a menti. Le père de Marcelle vit toujours.

— Pouvez-vous le jurer ?

— Nous gérons ses affaires, a dit Quirion, médusé. Nous nous occupons de louer sa maison et d'administrer ses biens. Il n'est jamais revenu de Corpus Christi après la mort de Marcelle. Mais pour vivre, il vit. Je lui ai parlé au téléphone avant-hier.

Je suis tombé à genoux, puis j'ai eu la bouche pleine de terre.

Épilogue

Depuis deux mois, je n'ai pas quitté l'île Quirion. Vous devez bien vous douter de la raison de cette lettre, n'est-ce pas ? J'y joins le journal de Marcelle, que Sanche m'a rapporté de Montréal. Il n'y en a pas de copie, vous en ferez ce que vous voudrez.

Les ormes sont toujours vivants, et moi aussi. On est venu trois fois en pleine nuit, autour de l'île, en hors-bord, moteurs coupés, tous feux éteints, pour braquer des projecteurs sur la maison. La troisième fois, je suis sorti, j'ai attendu, planté comme un arbre. Il ne me déplairait pas d'être abattu, mais sur l'île de Sanche et Quirion, les espèces les plus menacées restent debout. J'ignore pourquoi.

Comme j'ignore pourquoi Marie-Adèle Baron est morte, ce qui est bien le plus horrible. Je ne saurai jamais la vérité et je dois continuer à mentir.

Sanche m'a rapporté des nouvelles de mes locataires :

— Il est sympathique, ce gros ! Et la fille s'inquiète pour toi, hein ? Elle est belle.

Nicolas m'a envoyé une photo, qu'il a prise quand la reine Mab est venue rue Boyer. On voit Marine et Mab, face à face. Le gros a mis son commentaire au verso :

— Tu ne trouves pas qu'elles ont le même profil ?

Pour me le prouver, il a fait un contretype de l'agrandissement sur un film diapo noir et blanc, qui a ensuite servi à imprimer une autre photo : la noire était devenue blanche et la blanche, noire. Elles se ressemblent. Au verso de cette nouvelle photo, le gros avait écrit : « Marine t'attendra encore un peu. Penses-y. »

J'y pense, mais je ne pourrai jamais lui dire la vérité, ni à Sanche et Quirion non plus. Personne ne peut croire ça. Sauf vous, peut-être. Vous et moi, qui avons agi contre la loi, nous ne pouvons pas demander le secours de la loi. Mais peut-être que nous pourrons nous porter assistance l'un à l'autre.

Il faut que vous sachiez, monsieur, que je suis votre fils et que vous êtes mon père.

Achevé d'imprimer
sur les presses de Litho Acme inc.